Zwiebel Kochbuch

Über 100 Gerichte und Zubereitungstips mit Zwiebeln – leicht verständliche Anweisungen – alle Zutaten im Lebensmittelhandel.

Rezepte aus dem Kochstudio des Verlages.
In Zusammenarbeit mit der Fachgruppe Gemüsebau
im Bundesausschuß Obst und Gemüse, Bonn.

RICHTER
INTERNATIONALE KOCHKUNST
EDITION

Die Zwiebel hat sieben Häute, beißt alle Leute

(Volksmund)

Mengenangaben jeweils für 4 Personen, wenn nicht anders angegeben.

Titelfoto: Studio Bohle, Hamburg.

Fotos: Bildstelle Orbis, München; CMA, Centrale Marketinggesellschaft der deutschen Agrarwirtschaft, Bonn; S.20: Informationsgemeinschaft Bananen, München; S.48: Kikkoman, Düsseldorf.

Zeichnungen: Edmund Jeschka, Giengen/Brenz.

Graphische Gestaltung: Andreas Richter.

Lektorat: Ellinor Richter.

Druck und Binden: Hofmann GmbH & Co. KG, Traunreut.

ISBN 3-89636-970-9

Inhalt

Vom Geist der Kochkunst

Der große Philosoph der Kochkunst, Carl-Friedrich v. Rumohr (1785–1843) schreibt über die Zwiebel:

»Aus der Zwiebel machen einige ein eigenes Geschlecht; andere gesellen sie zum Knoblauche.

Die Zwiebel ist weniger übelriechend, lieblicher und zarter zu essen, auch etwas verdaulicher als der Knoblauch. Man kann die Zwiebeln daher schon viel eher, als den Knoblauch selbst in der Form eines Zugemüses verspeisen. Die längliche Varietät der Zwiebel, welche hie und da unter dem Namen der Straßburgischen Zwiebel bekannt ist, gibt, vorzüglich solange sie jung ist, eine treffliche Beilage zum Gesottenen. Man nehme diese Zwiebeln, reinige sie und lasse sie allgemach über einigen leicht angebratenen Schinkenschnitten in Fleischbrühe in der Art gar dämpfen, daß sie zwar ihre zierliche Form behalten, aber bis in das Herz hinein mürbe werden wie Butter. Man setze sie darauf vom Feuer ab, lasse sie die Brühe völlig einsaugen und richte sie auf der Schüssel recht schön um das Gesottene her.

Ausgediehene spanische Zwiebeln werden ausgehöhlt und mit Gehäcksel von beliebiger Zusammensetzung ausgefüllt, dann in eine niedrige Kasserolle oder in einen Tiegel so eingesetzt, daß sie nicht umsinken, denn hierdurch würde die Füllung herausfallen können. Man gibt so viel Fleischbrühe oder Wasser daran, als erforderlich ist, den Grund des Geschirres zwei Finger hoch mit Flüssigkeit zu bedecken. Alsdann läßt man dies alles sanft gar dämpfen und füllt von Zeit zu Zeit einige Löffel voll Brühe darauf, so viel, als jedesmal nötig scheint. Wenn nun diese Flüssigkeit beinahe in die ganz erweichten Zwiebeln eingesogen ist, so tue man Butter in den Grund des Tiegels, damit die Zwiebeln ein wenig anbräteln. Man richte sie darauf an und gebe eine säuerliche braune Tunke daran.

Kleine weiße Zwiebeln, gedünstet und mit einer braunen Tunke verbunden, werden als Zugabe des Gesottenen aufgetragen, auch wohl mit einem Eingehackten verbunden.

Aufgeschnittene und sodann ein wenig angebrätelte Zwiebeln dienen, um den Geschmack von mancherlei Speisen zu erhöhen. Gehackt wird die Zwiebel mit allerlei Gehäckseln, Tunken, ja selbst mit Gemüsen verbunden. Gewiß ist die Zwiebel in vielen Fällen eine zweckmäßige Würze; doch wird sie auch wohl bisweilen auf die widersinnigste Art verwendet. Ich habe in deutschen Küchen den

Spinat in Wasser absieden und nächstdem mit den Händen ausdrücken sehen, so daß er gar keinen Geschmack und Saft behalten konnte. Nach dieser Vorbereitung hackte man ihn mit rohen Zwiebeln und setzte ihn darauf mit Butter von neuem an das Feuer. Es kann niemand befremden, daß ein solches Gemüse wie grüngefärbtes Zwiebelmus schmeckte und nur durch die Farbe an Spinat erinnerte.

Die Schalotte, eine feinere, allgemein bekannte Zwiebelart, wäre, in Beziehung auf Würze, den größeren Zwiebeln vorzuziehen; sie ist jedoch zu starkschmekkend, um als ein eigenes Zugemüse dienen zu können«.

Von den 400 000 Tonnen Zwiebeln, die in der Bundesrepublik jährlich verspeist werden, wandert der größte Teil immer noch kleingehackt in den Kochtopf. Ihre häufigste Funktion ist, langweiligen Speisen eine kräftigere Würze zu geben.

Dabei gibt es kaum ein anderes Gemüse, das in der Internationalen Küche höheres Ansehen genießt und ähnlich vielfältig zubereitet wird wie die Zwiebel.

Die Zwiebel

Die Zwiebel ist ein Lauchgewächs aus der Familie der Lilien und wird botanisch *Allium cepa* genannt.
Sie ist eine enge Verwandte des Knoblauchs, des Porrees und des Schnittlauchs.

Je nach Sorte können Zwiebeln flach, oval, länglich oder kugelrund sein und eine weiße, gelbbraune, bronzefarbene, dunkelrote oder blaue bis violette Schale haben.

Sorten

Für den Hausgebrauch unterscheidet man:

Speisezwiebeln, die kräftig im Geruch, im Geschmack und wegen ihrer Würzkraft geschätzt auch Gewürzzwiebeln genannt werden. Überwiegend braun- bzw. gelbschalige Ware. Rote und weiße Varianten ergänzen das Sortiment.

Silberzwiebeln, sind kleine, meist weißschalige Gewürzzwiebeln, vorwiegend von der Sauerkonserven-Industrie als Essigzwiebeln verwendet.

Metzgerzwiebeln, sind besonders große Sortierungen der Gewürzzwiebel, überwiegend von Gastronomie und Fertigsalatherstellern verwendet.

Gemüsezwiebeln, eine besonders große Abart mit mildem, leicht süßlichem Geschmack, sind weicher und weniger schalenfest als Gewürzzwiebeln, werden häufiger roh für Salate verwendet.

Bund-, Grün- oder **Frühlingszwiebeln,** die mit grünem Laub früher geerntet werden, haben eine weiße, saftige Zwiebel, die zusammen mit dem frischen Laub verwendet werden.

Lauchzwiebeln, die eine lauchähnliche Sorte sind, haben keinen Zwiebelansatz.

Schalotten, die nicht zu den Speisezwiebeln zählen, sind pikant, mild und erinnern ein wenig an Knoblauch.

Anbau

Zwiebeln werden im ganzen Bundesgebiet angebaut, mit Schwerpunkten in Rhein-Main-Pfalz, Westfalen, Rheinland und Hamburg.

Saison

Geerntet wird von Juni bis Oktober. Da Zwiebeln aber – bis auf die frühen Lauchzwiebeln – hervorragend zu lagern sind, haben sie das ganze Jahr über Saison. Weil sie empfindlich auf schlechtes Wetter reagieren, kann das Angebot in verregneten Jahren schon einmal knapp werden.

Lagern

Bei Licht und Feuchtigkeit beginnen Zwiebeln rasch zu keimen. Daher trocken und dunkel lagern. Empfehlenswerte Temperatur: 6–10 Grad Celsius.

Einfrieren

Da Speisezwiebeln das ganze Jahr über zu haben sind, lohnt das Einfrieren nicht. Fertige Zwiebelgerichte (Zwiebelkuchen, Suppen) und Gemüse aus Lauchzwiebeln können eingefroren werden. Lagerzeit: 3–6 Monate.

Speisewert und Inhaltsstoffe

100 g Zwiebeln haben 40 Kalorien (167 Joule).

Wie alle Lauchgewächse enthalten sie eine Reihe von Schwefelverbindungen, die für das typische Aroma verantwortlich sind; ebenso für die Schärfe, die – wie beim Meerrettich und Senf – Nase und Augen »zu Tränen« reizen. Außerdem enthält die Zwiebel viel Vitamin C, Vitamine des B-Komplexes neben Phosphor, Eisen und Calcium.

In der Zwiebel wurden außerdem antibiotische Stoffe nachgewiesen, die die Abwehrbereitschaft des Organismus verstärken können. Diese Stoffe sind jedoch nur wirksam, wenn die Zwiebeln roh verzehrt werden.

Ihre Kulturgeschichte

Die Zwiebel gehört zu den ältesten Gemüsen, die der Mensch – vermutlich schon vor über 5000 Jahren – kultiviert hat. Ihre Heimat ist vermutlich das Innere Asiens; Botaniker wollen sie dort in den unwirtlichen Steppen wildwachsend gefunden haben. Vom Anbau und Gebrauch der Zwiebel berichten erstmals die alten Schriften der Ägypter, Assyrer und Babylonier.

So zeigen ägyptische Wandmalerien aus einer Grabkammer in der Totenstadt Theben Priester, die den Göttern Zwiebeln opfern: teils in Füllhörnern stekkend, teils in Bündeln frei auf den Opfertischen liegend, teils in glockenartigen Gebilden zusammengebunden. In einem anderen Grabe aus dem mittleren Reich ist eine Zwiebelernte abgebildet. Ein Gärtner zieht ansehnliche Knollengewächse aus den quadratischen Gemüsebeeten, um sie zu je vieren in Bündel zu binden. So brachte man sie in Körben auf den Markt. Auf einem Relief aus Sakkara trägt eine vermutlich aus einem Gemüsegarten heimkehrende Frau auf dem Kopf einen Korb, der artischockenähnliche Pflanzen enthält. Über die Schulter hat die Frau drei sehr langblättrige Zwiebeln geschlagen.

Beim Bau der Cheopspyramide – so überliefert es Herodot – wurden allein für die Zwiebel-, Knoblauch- und Rettichkost der Arbeiter 1600 Talente in Silber (etwa 1 Million DM) aufgewandt. Herodot war ein griechischer Geschichtsschreiber, der um 500 v. Chr. Ägypten bereiste und diese Angabe auf Platten an der Cheopspyramide schriftlich festgehalten fand. Die Summe war für damalige Verhältnisse ungewöhnlich hoch.

Da die Ägypter gern alle Dinge, die ihnen lieb und wert waren, mit einem Hauch religiöser Mystik umgaben, konnte es nicht fehlen, daß auch ihre Lieblingsgewächse wie z. B. die Zwiebeln als heilig und geweiht betrachtet wurden und ein durchaus repräsentables Opfer für himmlische Mächte darstellten. Priester durften sie als Kultgegenstände in die Hand nehmen, aber nicht verspeisen. Schon im Altertum, als die jungen Latiner noch in Hütten auf den Hügeln am Tiber hausten, war Ägypten »antik«. Die späteren Griechen und Römer haben das Land am Nil mit ähnlichen Augen betrachtet, wie wir die klassische griechische und römische Antike. Manches ist uns nur darum von den alten Ägyptern überliefert worden, weil Griechen und Römer sich lebhaft für deren Sitten und Gebräuche interessierten. Die Ägypter, berichtet Plinius 79 n. Chr. in seiner Naturgeschichte, schwören unter Anrufung der Zwiebel und des Knoblauchs.

Abbildung gegenüberliegende Seite:
Badische Zwiebelsuppe zum Rezept Seite 37.

Badischer Weinbauverband
Weinprämiierung 1970
1967

Ein römischer Zeitgenosse, Juvenal, spottete, daß auf diese Art die Götter der Ägypter im Küchengarten wüchsen. Bereits Plinius rühmte den lieblichen, süßen Geschmack, den die Zwiebeln in Ägypten und Palästina bis heute besitzen. Außerdem erklärte er dieses Gemüse für besonders heilsam, weil es »die Verdauung fördere und Winde in Bewegung setze«. Auch fand er bei den Ägyptern die Zwiebel als Heilmittel bei Zahnschmerzen und anderen Krankheitsfällen.

Von den Ägyptern scheinen die Hebräer das Gemüse übernommen zu haben. Sie hatten sich so daran gewöhnt, daß sich in der Wüste ihr Sehnen nach den Lauchgewächsen des Niltales nicht unterdrücken ließ: »Wir gedenken der Fische, die wir in Ägypten umsonst aßen, und der Kürbisse, Melonen, des Lauchs, der Zwiebeln und des Knoblauchs«, heißt es im 4. Buch Moses. Kaum in Palästina seßhaft, bauten sie diese Gemüsearten wieder an. Dabei waren Zwiebeln und Knoblauch als Zukost zum Brot ungeheuer beliebt. Das führte dazu, daß die Römer den Juden einen nicht gerade schmeichelhaften Spitznamen gaben – »foetentes«, die Stinkenden. Eine Anekdote aus dem Leben des römischen Kaisers Marc Aurel unterstreicht noch diese Meinung. Als nach dem Sieg über Markomannen und Quaden der Kaiser auf einer Reise nach Ägypten durch Palästina kam, da wurde ihm der Zwiebel- und Knoblauchgestank sowie der Lärm in Jerusalem so lästig, daß er schmerzlich geseufzt haben soll: »Oh, Markomannen, Quaden und Sarmaten, habe ich doch noch schlimmere Leute als Euch gefunden!«

Das hohe Alter der Zwiebeln als Würzmittel bei den Völkern am Mittelmeer wird auch durch Homer bezeugt. In der Ilias läßt Nestor seinen Gästen einen Tisch vorsetzen, auf dem sich neben frischem Honig und Brot eine Schüssel mit Zwiebeln befand, »die zum Trunke trefflich munden«. Ein mit Wein gefüllter Krug stand auch dabei. In jener Zeit trank man nämlich Wein mit geriebenem Ziegenkäse und Gerstenmehl vermischt. In der Odyssee läßt Homer Odysseus eine glänzende Tunika, fein wie das Häutchen um die trockene Zwiebel, tragen.

Das Fest des Theoxenien in Delphi war als Gastmahl des Apollon gedacht, zu Ehren der Götterkollegen. Der Bewohner Hellas, der die größte Zwiebel zum Fest mitbrachte, durfte am Opferschlemmermahl teilnehmen. Die Zwiebel sollte an Leto, die Mutter Apollons, erinnern, weil sie nach dem Lauchgewächs verlangte, als sie mit ihrem Sohn schwanger ging.

Im nachhomerischen Griechenland war die Zwiebel eines der beliebtesten Nahrungsmittel des Volkes. In Athen finden wir bei den Szenen des Lustspieldichters Aristophanes, wie auch bei anderen Dichtern und Politikern, eine Menge

Abbildung gegenüberliegende Seite:
Zwiebelrostbraten zum Rezept Seite 54.

von Äußerungen, Redensarten, Anekdoten über die Zwiebel. So sagt in einem Stück Charmides von seinem Freund: »Hochverehrte Herren, die Niceratus hier liebt es, mit einem Zwiebelatem nach Hause zu kommen, damit seine eifersüchtige Frau überzeugt sein könne, es habe niemand sich einfallen lassen, ihm einen Kuß zu geben.« In einer anderen Dichtung kaut die ungetreue Frau gegen Morgen Zwiebeln, um dem von der Wache heimkehrenden Ehemanne dadurch ihre Unschuld zu beweisen.

Mit steigender Bildung und Verfeinerung der Sitten schlug die überschwengliche Liebe in komplette Abneigung um: jemanden Zwiebeln anzuwünschen, bedeutete jetzt nichts Gutes mehr. Und nach Zwiebeln oder Knoblauch zu riechen war ein Zeichen des gesellschaftlichen Rückgangs. Sogar der alte homerische Brauch, den Trank durch den Genuß von Zwiebeln zu würzen, erregte bei den späteren Griechen Unverständnis, schien ihnen doch diese Sitte mehr für Matrosen als für Könige geeignet. Ab und zu besann man sich aber der vergangenen Zeiten. So bewirteten die Athener im Prythaneion die Dioskuren mit einem Frühstück, das aus Käse, Brei, reifen Oliven, Zwiebeln und Knoblauch bestand. Es sollte an die alte, anspruchslose Lebensweise erinnern. Die Nahrung der Römer war wie die der Griechen jahrhundertelang sehr einfach. Sie bestand vorwiegend aus Getreidebrei, Bohnen, Rüben und Zwiebeln. Fleisch gab es nur selten. Als Gewürze kannte man nur Salz, Knoblauch und Zwiebeln, wobei sich die letzteren großer Beliebtheit erfreuten. So beziehen sich Namen angesehener Geschlechter auf »coepa«, die Zwiebel: Coepione.

Als die Römer immer mächtiger und reicher wurden, paßten sie ihre Gewohnheiten dem neuen Status an. Somit verriet Zwiebel- oder Knoblauchgeruch die niedrigsten Schichten des Volkes, war Zeichen großer Armut und erregte beim »Edlen« heftigen Ekel. Bezeichnende Zeugnisse finden wir in Dichtung und Prosa. Varro, ein römischer Schriftsteller aus dem 1. Jahrhundert v. Chr., versuchte den Gebrauch von Zwiebeln noch zu verteidigen: wohl hätten die Worte der Vorfahren nach Zwiebel und Knoblauch geduftet, um so edler sei aber der Hauch ihres Geistes gewesen.

Diese freundliche Einstellung zu den guten Sitten der Alten vermochte offenbar einen Mann nicht zu überzeugen, der bis heute als Vorbild guten Lebens gilt: Horaz, ein ausgeglichener Geist und in allen Dingen Verfechter der klassischen Tugend der Mäßigung, ließ sich nicht übertreffen in seiner Abneigung gegen Knoblauch- und Zwiebelgeruch. Er schreibt: »Hart ist das Eingeweide der Schnitter, deren Arbeit in der Tat bei der Sommerglut zu den allerschwersten gehört, die darum viel vertragen können und sich darum mit Zwiebeln stärken. Mir scheint, es ist ein Gift, das eine böse Hexe mir beigebracht hat! Gebt künftig Zwiebel und Knoblauch den Verbrechern statt des Schierlingsbechers! Es versengt mir die Glieder, wie die Sonne Apuliens, wie das Nessusgewand den Körper des Herkules! Sollte jemals, oh Mäcenas, eine Laune Dich verführen, von diesen Kräutern zu genießen, dann möge die Geliebte Deinen Kuß abwehren und fern von Deiner Umarmung an das unterste Ende des Lagers sich flüchten.«

Die Germanen lernten die eigentliche Zwiebel oder Bolle von Italien kennen. Beide Namen stammen von dem spätlateinischen cepulla, das sich im Italienischen zu cipolla umwandelte. Allerdings schätzten die Nordländer anfangs dieses Gewürz gar nicht. Anders im Süden Europas. In Byzanz war der Zwiebelverbrauch so stark, daß Liudprand, Bischof von Cremona, dies Übermaß abstoßend fand. In seinem Gesandtschaftsbericht aus dem Jahre 968 schreibt er: »Der Beherrscher Byzanz trägt langes Haar, Schleppkleider, weite Ärmel und eine Weiberhaube . . . nährt sich von Zwiebeln, Lauch und Knoblauch und säuft Badewasser (d. h. mit Harz versetzter Wein) . . . er befahl mir, zu seiner Mahlzeit zu kommen, die tüchtig nach Zwiebeln und Knoblauch duftete und mit Öl und Fischlake besudelt war.«

Um das Jahr 1000 bereiste der arabische Geograph Ibn Haukal Sizilien. In seinen Berichten schreibt er den Einwohnern alle möglichen Laster und Torheiten zu, nennt sie stumpf und gottlos, lau zu allem Guten, geneigt zu allem Bösen. Die Wurzel dieses traurigen Zustandes, fügt er hinzu, sei die Gewohnheit, morgens und abends rohe Zwiebeln zu essen, wodurch ihr Hirn verstört und ihr Sinn abgestumpft werde.

Langsam begann die Zwiebel, sich in nördlichen Gegenden durchzusetzen. Vielleicht trugen auch die Kreuzzüge dazu bei, den Geist für Neues zu öffnen. Bereits im Mittelalter gehörte die Pflanze zum Alltag. England importierte sie in Massen aus Frankreich, denn die Bretagne erwies sich als Zwiebelland per excellence. Überall in Deutschland wurden Zwiebeln angepflanzt. Auch im Aberglauben und Volksbrauch fand das stark riechende, würzige Gewächs bald seinen Platz. Ob hier der alte Glaube an die Wunderkraft der Zwiebel mitimportiert wurde?

In früheren Zeiten pflanzte man Zwiebeln nur am 21. März; es war St. Benedikt. Beim Pflanzen mußten die Worte gesprochen werden: »Benedikt, mach die

Zwiebeln dick«, und man erwartete dann starke, ansehnliche Knollen. Außerordentlich verbreitet war das »Zwiebelorakel«. Es bestand darin, daß man in der Christnacht aus einer gewöhnlichen Küchenzwiebel 12 Schalen schnitt, sie mit Salz bestreute und jeder den Namen eines Monats gab. Am Morgen des ersten Weihnachtsfeiertages sah man nach: diejenigen Schalen, die viel Feuchtigkeit gezogen hatten, deuteten auf einen regnerischen Monat hin. Eine merkwürdige Verwendung fand die Zwiebel am Weihnachtsabend im Erzgebirge. Da wurde sie am Heiligen Abend auf den Stubentisch gelegt; davon erhoffte man sich fürs kommende Jahr, daß Haushund und Gänse recht wachsam sein würden. Erklären kann man diesen Brauch nur mit einer sonderbaren Logik: die scharfe Zwiebel könne auch Hund und Gänse »scharfmachen«.

Aus Großmütterchens Hausapotheke: Zwiebeln heilen manches Übel

Zwiebelsirup (bei Bronchitis, Husten und Heiserkeit)

Mehrere dicke Zwiebeln in Scheiben schneiden, mit braunem Zucker vermischen und 12 Stunden ziehen lassen. Den sich bildenden Saft eßlöffelweise mehrmals täglich einnehmen.

1 große Zwiebel mit $^1/_{10}$ l Wasser verreiben, den ausgepreßten Saft mit 150 g Kandiszucker zu einem Sirup verkochen und stündlich teelöffelweise einnehmen.

500 g Zwiebeln feinschneiden, mit Honig und 400 g Zucker in 1 l Wasser 3 Stunden kochen, abkühlen lassen, durchseihen und in Flaschen füllen. Täglich bis zu 6 EL Zwiebelsirup lauwarm einnehmen (bei Heiserkeit).

Rohe Zwiebeln sehr fein hacken, mit Honig vermischen und mehrmals täglich teelöffelweise essen (Pfarrer Kneipp).

Zwiebelwein (schleimlösend bei Husten)

500 g Zwiebeln feinschneiden, 1 l Weißwein und 150 g Honig dazu geben, umrühren und 48 Stunden ziehen lassen. Morgens, mittags und abends eine Viertelstunde vor dem Essen 1 Weinglas voll trinken.

Roher Zwiebelsaft (nur frisch verwenden)

1–2 EL frisch ausgepreßter Zwiebelsaft wird bei hartnäckigem Husten, bei Erkältungen und Bronchitis empfohlen. Derselbe Saft wirkt wohltuend bei Erbrechen, Durchfall und bei Anzeichen von Sonnenstich. Bei Nasenbluten als Nasentropfen geeignet oder ein in rohem Zwiebelsaft getränkter Gazestreifen in das Nasenloch gestopft. Langwieriger ist die Behandlung von Warzen und Frostbeulen mit Zwiebel: eine Zwiebel halbieren und mit der Schnittfläche einreiben.

Zwiebelessenz (hilfreich bei Arterienverkalkung)

3 Zwiebeln pürieren, $^1/_2$ l Branntwein darübergießen und zugedeckt 2 Tage ziehen lassen. Von der durchgeseihten Flüssigkeit mittags und abends vor der Mahlzeit in einem Likörglas Wasser 15 Tropfen nehmen.

Zwiebelpüree (bei Wassersucht)

500 g Zwiebeln pürieren, durch ein Sieb schlagen, 100 g Honig und $^1/_2$ l Weißwein verrühren. Davon täglich 6 EL über den Tag verteilt oder Zwiebeln mit Honig kochen und in dieser Form essen.

Zwiebelbrei (zur äußeren Anwendung bei Wunden, Abzessen, leichten Hautschürfungen, Entzündungen, Rheumatismus, Hämorrhoiden und Haarausfall)

Zwiebeln pürieren, mit Wasser zu einem Brei anrühren und auftragen.

Gekochte Zwiebeln (bei Halsschmerzen)

Zwiebeln in Ringe schneiden, weich kochen, in ein Leinentuch legen und um den Hals wickeln.

Zwiebelsalat (als Zwiebelkur)

Täglich 2 Zwiebeln (ca. 125 g) mit Honig oder als Salat mit Zitrone, Öl und saurer Sahne anmachen.

Zwiebeltee (wirkt schleimlösend)

In $^1/_4$ l Wasser 1 Zwiebel (nur die äußere Schale entfernen) zum Kochen bringen, zugedeckt bei geringer Hitze 10 Minuten kochen, Zwiebel entfernen und mit Kandiszucker gesüßt heiß trinken.

Zwiebelbonbons gelten bei rauhem Hals als bewährtes Hausmittel.

Zwiebelsaft

Eine große weiße Zwiebel vom Laubansatz her aushöhlen, ohne den Boden zu durchbrechen, mit einer dicken Nadel den Boden durchstechen und die Zwiebel mit Kandiszucker füllen. Zwiebel auf ein Glas setzen, damit der sich bildende Saft im Glas aufgefangen wird.

Zwiebel-Rettich-Saft

Einen schwarzen Rettich aushöhlen, ohne den Boden zu durchbrechen, Rettich mit gehackten Zwiebeln füllen, salzen und den Rettich auf ein Glas setzen, damit der sich bildende Saft im Glas aufgefangen werden kann.

Die Zwiebel in der Küche

Einkaufstips

Speisezwiebeln sollen rund, fest und trocken sein. Die Schale darf glänzen. Grüne Keimspitzen signalisieren, daß die Zwiebel verbraucht werden muß.

Zubereitungstips

Ganze Zwiebeln sind fast geruchlos. Erst beim Schneiden entwickeln sie das typische »Tränengas«. Wer keine Tränen um eine Zwiebel vergießen möchte, kann mit modernen Zwiebelschneidern zu Werke gehen – oder die Zwiebeln nach alter Art unter Wasser schneiden. Das allerdings kostet Wertstoffe.

Nach kurzer luftiger Lagerung verlieren geschnittene Zwiebeln den scharfen Geruch.

Wer scharfe Würze mag, sollte die Zwiebel kurz vor dem Verzehr hacken; wer es milder liebt, kann die Würfel oder Ringe leicht salzen und gut 10 Minuten stehen lassen.

In der Neuen Französischen Küche gilt Hacken wegen Wertstoffverlust als verpönt.

Wer Zwiebeln roh nicht gut verträgt, sollte sie kurz in kochendes Wasser tauchen. Zwiebelgeruch an den Händen wird mit Essig oder Zitrone entfernt.

Bereits feingehackte Zwiebel kann man in Alufolie im Eisschrank 2–3 Tage aufbewahren.

Zum Würzen von Zwiebeln verwendet man seit alters her Knoblauch und Salz.

Garzeit: Ganze Zwiebeln je nach Größe ca. 30 Minuten.

Zwiebeln als Gewürz

Zum Würzen reibt man die Zwiebel roh an das fertige Gericht.

An Gemüse, in Fischsud oder Fleischbrühe gibt man eine mit Nelken und Lorbeerblatt gespickte Zwiebel.

Suppen bekommen ein besonderes Aroma durch eine halbe, schwarz geröstete Zwiebel.

Die älteste Zubereitungsart der Welt

Zwiebeln in Asche

pro Person 3–4 große milde Gemüsezwiebeln

Im niedergebrannten Holzfeuer werden die ganzen Zwiebeln mit heißer Asche und Glut bedeckt und solange gegart, bis die äußeren Schichten verkohlt sind und das Innere der Zwiebel weich und gar ist. Das dauert ungefähr 20 Minuten.

Serviert wird auf einem Holzbrett zu Brot, Butter und Landwein. Wer es mag, kann die Zwiebeln leicht salzen.

Abbildung gegenüberliegende Seite:
Zwiebeln in Wein zum Rezept Seite 59.

Die beliebten Zwiebelringe

Goldgelbe Zwiebelringe (klassische Zubereitung)

1500 g Fett (Schweineschmalz, gemischt mit Kokosfett und Margarine)

1500 g mittelgroße Zwiebeln in ca. 2 mm dicke Ringe schneiden

Fett erwärmen. Zwiebelringe hineingeben, auf starke Hitze schalten und den Topfinhalt unter öfterem Umrühren zum Kochen bringen. Das dauert etwa 10 Minuten.

Zwiebelringe fast eine $^3/_4$ Stunde kochen, dabei häufig umrühren, damit sie nicht am Boden ansetzen. Nach und nach steigen die Zwiebelringe nach oben; es entsteht eine Zirkulation. Wenn angebrannte Zwiebeln aufsteigen, müssen sie entfernt werden, sonst wird das Fett bitter und die Zwiebelmasse nimmt den bitteren Geschmack an.

Jetzt muß alles sehr schnell gehen: Wenn alle Zwiebelringe oben sind, bildet sich Schaum und in kaum einer Minute färben sich die Zwiebeln goldbraun. Es muß ständig gerührt werden. Sobald die Zwiebeln gleichmäßig gefärbt sind, wird der Topfinhalt durch ein Sieb umgeschüttet; die Zwiebelringe dunkeln dabei und während des Abtropfens weiter nach.

Man gewinnt aus 1500 g Zwiebeln ca. 300 g Zwiebelringe, die nach dem Abkühlen mit zwei Gabeln aufgelockert werden.

Das Fett kann mehrfach verwendet werden. Es wird außerdem auch als Brotbelag, für Bratkartoffeln, Leber usw. geschätzt.

Die Zwiebelringe sind erst am nächsten Tag richtig knusprig. Man kann sie dann knabbern, zu Fondue reichen, über Spätzle, Erbsenpüree oder Kartoffelsuppe geben, zu Rostbraten oder Leber reichen oder in Knödelteig kneten.

Wer sich die Zeit nehmen kann, sollte nur so die Zwiebeln braten, da sie auf diese Art zubereitet am bekömmlichsten sind.

Abbildung gegenüberliegende Seite:
Zwiebelsäckchen zum Rezept Seite 24.

Fritierte Zwiebelringe

Fritierfett

4 große Speisezwiebeln schälen und in dicke Scheiben schneiden

etwas Milch

etwas Mehl

Salz, Pfeffer

Fett erhitzen.

Zwiebelscheiben in Ringe zerlegen und erst in Milch, dann in Mehl tauchen.

Das Fett muß so heiß sein, daß ein hineingeworfener Ring sofort nach oben steigt.

Nach und nach Zwiebelringe hineingeben und 2–3 Minuten fritieren, bis sie goldbraun sind. Abtropfen lassen, würzen und sofort servieren.

Fritierte Zwiebelringe sind international verbreitet. In der französischen Küche heißen sie »Oignon frits«, in der amerikanischen »Fried Onions«. Sie werden als Beilage zu einem saftigen Steak oder Roastbeef serviert, oder man genießt sie als Knabberei zwischendurch.

Fritierte Zwiebelringe in Bierteig

Für den Teig:

125 g Mehl

1 EL Öl

1 Ts Bier oder Weißwein

Salz, Pfeffer

2 Eiweiß

500 g große Zwiebeln in dicke Ringe schneiden

Mehl zum Bestäuben

Fett zum Fritieren

Zum Bestreuen:

gemahlener Kümmel

geriebener Käse

gehackte Petersilie

Mehl mit Öl, Bier, Salz und Pfeffer gut verquirlen, 40 Minuten ruhen lassen. Eiweiß schnittfest schlagen, unterheben. Zwiebelringe dünn mit Mehl bestäuben, durch den Teig ziehen und im heißen Fett goldgelb ausbacken.

Mit Kümmel, Käse oder Petersilie bestreuen und zu Bier oder Wein reichen.

Zwiebelsalate und Vorspeisen

Roter Zwiebelsalat

300 g rote Zwiebeln halbieren und in feine Scheiben schneiden

4 Navel-Orangen schälen und filetieren

12 gefüllte grüne Oliven in Scheiben schneiden

6 schwarze Oliven entsteinen

2 EL Estragonessig

5 EL Öl

Salz, weißer Pfeffer aus der Mühle

1 Prise Zucker

Zwiebelscheiben und Orangenfilets mit den Oliven in eine Schüsel geben, Essig und Öl mit den Gewürzen anrühren und darübergießen, locker mischen und 15 Minuten im Kühlschrank ziehen lassen. Als Beilage zu gebratenem Fleisch oder Geflügel.

Schalottensalat

300 g Schalotten

Salzwasser

Saft einer $^{1}/_{2}$ Zitrone

Für die Marinade:

2 EL sauren Rahm

1 TL Senf

2 EL Essig

4 EL Öl

Salz, weißer Pfeffer aus der Mühle

100 g gekochten Schinken in Streifen schneiden

Schalotten schälen, Salzwasser mit Zitronensaft würzen, zum Kochen bringen und die Schalotten darin blanchieren, abschrecken und abkühlen lassen. Marinade anrühren, gut abschmecken, Schalotten hineingeben und zugedeckt im Kühlschrank 20 Minuten ziehen lassen.

Schinken untermengen und den Salat eventuell mit Petersiliensträußchen und Tomatenvierteln garnieren. Zu Fleisch oder zur Wurstplatte servieren.

Wurstsalat (süddeutsch)

400g magere Fleischwurst in feine Scheiben schneiden

3 Zwiebeln in feine Ringe schneiden

zur Marinade:

3 EL Essig

Salz

3 EL Öl

Pfeffer aus der Mühle

Wurstscheiben und Zwiebelringe vermengen, Marinade anmachen und über den Salat geben. Oft werden Zwiebelringe zusätzlich gereicht. In manchen Gegenden gehört kleingeschnittener (Würfel) Emmentaler an den Wurstsalat, oder die Marinade wird mit Senf gewürzt.

Zwiebelsäckchen

16 kleine blaue Zwiebeln

1 Scheibe Bauernbrot

2 Scheiben Knollensellerie (1/2 cm dick)

4 EL Sonnenblumenöl

1 mittelgroße Banane

2 TL Zitronensaft

5 Zweige frischer Thymian

2 EL gehackte Petersilie

Zitronenpfeffer, Salz

Außerdem:

Alufolie

Flüssige Butter zum Bestreichen

Zwiebeln oben gerade abschneiden, mit einem kleinen Küchenmesser aushöhlen.

Brot in kleine Würfel, Sellerie in ganz feine Würfelchen schneiden. Beides kurz in Öl anrösten.
Geschälte Banane zerdrücken, mit Zitronensaft beträufeln. Mit den Brot- und Selleriewürfeln in einer Schüssel vermengen. Den Thymian zupfen, feinhacken, mit der Petersilie und den Gewürzen zu der Masse geben. Die Zwiebeln damit fullen.

Alufolie in 16 Quadrate (à 12 cm Seitenlänge) schneiden, in der Mitte jeweils mit Butter bestreichen.
Die gefüllte Zwiebel auf die Folienquadrate setzen und diese oben sackförmig zudrehen.
Ca. 25 Minuten auf dem Grill garen.

Häckerle (schlesische Küche)

8 Matjesfilets kurz wässern

1 große Speisezwiebel feinhacken

125 g geräucherter durchwachsener Speck in Würfel schneiden

1 großer saurer Apfel

1 EL Zitronensaft

1 hartgekochtes Ei feinhacken

2 EL saure Sahne

$^1/_2$ TL scharfer Senf

1 hartgekochtes Ei in Achtel

2 EL feingehackte Petersilie

Matjesfilet mit Küchenkrepp abtupfen, in feine Würfel schneiden und mit Zwiebel- und Speckwürfel vermengen.

Apfel schälen, entkernen, in kleine Würfel schneiden, mit Zitronensaft beträufeln und untermischen. Feingehacktes Ei mit Sahne und Senf verrühren und alles damit vermischen.

Mit Ei-Achtel und Petersilie garnieren. Dazu heiße Pellkartoffeln.

Für ein herzhaftes Frühstück auch als Brotaufstrich zu verwenden.

Salat aus Perlzwiebeln

1 l Wasser

Salz

Saft von $^1/_2$ Zitrone

500 g Perlzwiebeln schälen

Für die Garnierung:

2 Tomaten häuten, vierteln und entkernen

Petersilie

Für die Marinade:

2 EL saure Sahne

2 EL Weinessig

4 EL Öl

$^1/_2$ TL Senf

1 Prise Zucker

Salz, weißer Pfeffer

Wasser mit Salz und Zitronensaft aufkochen, Zwiebeln darin 2 Minuten kochen lassen, im Sieb abtropfen und erkalten lassen. Marinade in einer Schüssel anrühren, pikant abschmecken und Zwiebeln darin 30 Minuten ziehen lassen.

Mit Tomaten garnieren und mit Petersiliensträußchen bestecken.

Zwiebel-Ananas-Salat

200 g weiße Zwiebeln in Ringe schneiden

$^1/_2$ l kochendes Wasser

350 g Ananasstücke (aus der Dose)

Für die Marinade:

50 g Mayonnaise

2 EL Ananassaft

3 EL Öl

Saft von $^1/_2$ Zitrone

Salz, weißer Pfeffer

1 TL Curry

1 EL Paprika (edelsüß)

1 Prise Cayennepfeffer

3 Tropfen Tabasco

Für die Garnierung:

$^1/_2$ Kästchen Kresse

Zwiebelringe in eine Schüssel geben, mit kochendem Wasser übergießen, 2 Minuten ziehen lassen und auf einem Sieb abtropfen und erkalten lassen.

Ananasstücke auf einem Sieb abtropfen lassen, dabei Saft auffangen. Für die Marinade die Zutaten in einer Schüssel verrühren, pikant abschmecken.

Zwiebelringe und Ananasstücke in die Marinade geben, gut vermengen und zugedeckt 2 Stunden im Kühlschrank marinieren lassen.

In einer Salatschüssel anrichten und mit Kresse garnieren.

Die Klassischen Zwiebelsaucen und Pürees

Zwiebel-Soos (Augsburger Kochbuch 1793)

Schneide 2 bis 3 recht große Zwiebeln den langen Weg so dünne als möglich; tu sie in einen Fußhafen, Gieß ein Seidlein (kleine halbe Maß) heiße Fleischbrühe daran; tu ein Stücklein Butter, eines halben Hühnereies groß, ein wenig Pfeffer, und 2 kleine Hände voll Semmelmehl dazu; laß diese Soose auf Kohlen oder im Öfelein so lange kochen, bis die Zwiebeln weich sind, und gib sie statt Meerrettich zu gesottenem Rindfleisch auf den Tisch.

Sauce Soubise (französische Küche)

250 g Zwiebeln schälen und feinhakken

30 g Butter

etwas Brühe

Für die Bechamelsauce:

1/4 L Milch

1 Schalotte schälen und in Scheiben schneiden

1 Stück Mohrrübe schälen und kleinschneiden

1/2 Stange Bleichsellerie putzen und kleinschneiden

1/2 Lorbeerblatt

3 Pfefferkörner

30 g Butter

30 g Mehl

Salz, Pfeffer

Zwiebeln in Butter und Brühe langsam garen. Milch, Gemüse und Gewürze im Topf langsam zum Kochen bringen. Vom Feuer nehmen und zugedeckt 15 Minuten ziehen lassen. Flüssigkeit durchseihen, und mit Butter und Mehl eine helle Sauce herstellen. Zwiebeln passieren und das Püree in die Sauce rühren. Würzen, abschmecken, 2 Minuten erhitzen und zu Lamm oder Kalbfleisch servieren.

Helle Zwiebelsauce

6 Zwiebeln in feine Scheiben schneiden	**1 Tasse Fleischbrühe**
2 EL Butter	**1 TL Majoran**
2 Knoblauchzehen zerdrücken	**Salz, Pfeffer**

Zwiebelscheiben in heißer Butter bei milder Hitze glasig dünsten, aber nicht braun werden lassen. Knoblauch hinzufügen und kurz mitschmoren lassen. Fleischbrühe angießen, mit Salz, Pfeffer und Majoran würzen und 15 Minuten leicht kochen lassen. Im Mixer alles fein pürieren, in den Topf zurückschütten und bei mittlerer Hitze auf die gewünschte Konsistenz einkochen lassen.

Dunkle Zwiebel-Sauce

Schmalz wird mit Zucker aufgestellt, man läßt es recht braun werden, gibt geschnittene Zwiebeln hinein, läßt sie abrösten, staubt Mehl hinein und gießt sie mit Essig auf, gibt Salz und Zucker dazu, gießt es mit Suppe auf, läßt es verkochen, passiert es und läßt es nochmal verkochen.

Robert-Sauce: wird genauso zubereitet, nur wird die Zwiebel sehr fein geschnitten und zum Schluß mit Senf gewürzt. (Aus *Moderne Wiener Küche* von Luise Fiala, 1900).

Zwiebel-Püree (deutsche Küche)

Dazu verwendet man die weiße Zwiebel, schält sie ab, schneidet sie fein zusammen, läßt Milch und Butter zusammen aufkochen und die Zwiebel darin weich dünsten, gibt Salz dazu, passiert es durch und läßt es noch einmal verkochen.

Abbildung gegenüberliegende Seite:
Französische Zwiebelsuppe zu den Rezepten Seite 35 und 36.

Soupe à l'Oignon

Französische Sauce (altes Rezept)

Drei Chalotten, ein Stückchen Knoblauch, ein Lorbeerblatt, etwas Basilikum und Majoran werden feingehackt und in einer hellbräunlichen Mehlschwitze einige Minuten durchgeröstet, worauf man $^3/_8$ Liter sehr kräftige Fleischbrühe hinzugießt, damit verkocht, durchseiht und mit etwas Citronensaft abschärft; man gibt diese Sauce namentlich zu Kalbs-Coteletten.

Kartoffelpüree mit Frühlingszwiebeln (irische Küche)

250 g Frühlingszwiebeln (1 cm lange Stücke) in 300 ccm Milch zum Kochen bringen, bei schwacher Hitze garen. Inzwischen 750 g mehlige, geschälte Kartoffeln kochen, abgießen und warmstellen. Die gegarten Zwiebeln im Sieb abtropfen lassen; mit der Milch Kartoffelpüree herstellen, Zwiebeln und 90 g Butter hinzufügen, mit Salz und Pfeffer würzen und das Püree schaumig schlagen. Das Kartoffelpüree wird in Portionen serviert; jede Portion hat in der Mitte eine Vertiefung, in die ein Stückchen Butter gegeben wird. Püree vom Rand her essen und die Gabel jedesmal in die Buter tauchen.

Zwiebel-Sauce (altes Rezept)

3 Löffel voll gestoßenem Zucker werden in heißem Fett so anpassirt, bis der Zucker zu schwimmen anfängt, dann 1 großes, abgeschältes, fein geschnittenes Häuptel spanische Zwiebeln hineingeben und etwas abgeröstet. Hat man diesem einige Löffel voll Mehl beigegeben und etwas abgeröstet, so wird davon mit Suppe und etwas Essig eine Sauce abgerührt, gut verkocht und passirt, 2 Eßlöffel voll gestoßener Zucker und etwas Salz dazugegeben und so noch einmal verkocht.

Burgunder Sauce

Gehackte Schalotten, Petersilienstiele, Thymian, Lorbeerblatt und frische Champignons mit Rotwein auffüllen, zur Hälfte einkochen, mit Mehlbutter binden, passieren, mit Butter aufschlagen und mit Cayennepfeffer würzen.

Abbildung gegenüberliegende Seite:
Zwiebelfleisch zum Rezept Seite 52.

Soubise-Zwiebelpüree (französische Küche)

500 g Zwiebeln in Ringe schneiden	**Prise Zucker**
Salz	**1 MS Muskat**
160 g Butter	**$^1/_2$ l dicke Bechamelsauce**
weißer Pfeffer	**3 EL crème fraîche**

Zwiebelringe in sprudelnd kochendem Salzwasser 5 Minuten überbrühen, abtropfen lassen. In einer Kasserolle in 100 g Butter mit 1 Prise Salz, Pfeffer, Zukker und Muskat Zwiebelringe weichdünsten, ohne Farbe nehmen zu lassen. Bechamelsauce zugeben, gut vermischen und 10 Minuten leise kochen lassen.

Zwiebelmasse durch ein Sieb in einen Topf streichen, einige Sekunden aufkochen lassen, vom Feuer nehmen und restliche Butter einarbeiten. Mit Crème fraîche auf die gewünschte Konsistenz bringen.

Das Zwiebelpüree kann als eine Art dicke Sauce (coulis) zum Binden von Gemüse und Fleisch verwendet oder zu Hammel- oder Kalbfleisch gereicht werden.

Barbecuesauce (USA)

1 große Zwiebel feinhacken	**2 EL Essig**
2 Knoblauchzehen feinhacken	**1 EL brauner Zucker**
2 EL Öl	**1 TL Senf**
1 große Tomate häuten und kleinschneiden	**Salz**
	1 Ms Cayennepfeffer

Zwiebel und Knoblauch in heißem Öl glasig dünsten. Alle anderen Zutaten hinzufügen und zugedeckt 15 Minuten kochen lassen.

Deckel abnehmen und die Sauce mit reduzierter Hitze einkochen, bis sie dicklich geworden ist.

Balkansauce

2 Zwiebeln	**125 g roher Schinken**
1 Peperoni	**1 Tasse Mayonnaise**
1 rote Paprikaschote	**Paprikapulver (rosenscharf)**
1 grüne Paprikaschote	**Salz**
6 Knoblauchzehen	

Zwiebeln, Peperoni, Paprikaschoten und Knoblauch im Mixer pürieren. Mayonnaise mit Paprika und Salz abschmecken und mit den übrigen Zutaten zu einer geschmeidigen Sauce verrühren.

Zu Fleischfondue, gebratenem oder gegrilltem Fleisch.

Zwiebelpüree (deutsche Küche)

$^1/_8$ l Wasser, Salz	**20 g Mehl**
150 g Zwiebeln feinhacken	**$^1/_4$ l Milch**
20 g Butter	

Wasser mit Salz im kleinen Topf aufkochen. Zwiebelwürfel darin 10 Minuten kochen, durch ein Sieb passieren oder im Mixer pürieren. Butter im Topf erhitzen, Zwiebelpüree zugeben, mit Mehl bestäuben und unter ständigem Rühren Milch zugießen.

7 Minuten kochen lassen und zu Hammelkoteletts servieren.

Die großen Zwiebelsuppen

Zwiebelsuppe (altes Rezept)

Man läßt in Butter oder Fett eine Handvoll zerschnittene Zwiebel weich werden, gibt Schwarz- und Weißbrot dazu mit Wasser und kocht solches weich, verrührt es gut, fügt dann Salz, etwas Muskatnuß und nach Geschmack ein wenig Pfeffer und Petersilie hinzu. Diese Suppe kann man auch mit Mehl bereiten, röstet es aber leicht braun mit den Zwiebeln. – Sehr verbessert wird diese Suppe durch etwas Milch, wie durch Abrühren mit einem Ei; auch ist Fleischbrühe gut dazu zu gebrauchen.

Soupe à l'oignon gratinèe (französische Küche)

300 g Zwiebeln in Ringe schneiden

2 Knoblauchzehen feinhacken

40 g Butter

20 g Mehl

1 1/4 l Fleischbrühe

Salz, schwarzer Pfeffer aus der Mühle

4 dünne Scheiben Weißbrot in Würfel schneiden

100 g geriebener französischer Hartkäse

Zwiebelringe mit Knoblauch in heißer Butter hellgelb rösten. Mit Mehl bestäuben, unter Rühren 5 Minuten durchschwitzen.

Heiße Fleischbrühe aufgießen, umrühren, bei kleiner Hitze 20 Minuten kochen und würzen. Brotwürfel in wenig Butter kräftig rösten, portionsweise in feuerfeste Suppentassen legen, Suppe aufgießen, mit Käse bestreuen und im vorgeheizten Ofen auf der oberen Schiene 10 Minuten gratinieren.

Dies ist die klassische Französische Zwiebelsuppe. Von ihr gibt es – wie bei jedem klassischen Rezept – viele Varianten.

Weiße Zwiebelsuppe (österr. Küche)

1000 g Zwiebeln in dünne Ringe schneiden

100 g Butter

3 EL Mehl

1/4 l Fleischbrühe

3/4 l Milch

1 TL Thymian

1 Prise Zucker

1 Prise Muskat

Salz, weißer Pfeffer aus der Mühle

1 EL Schnittlauchröllchen

Zwiebelringe in heißer Butter unter Rühren glasig dünsten, mit Mehl bestäuben, mit Fleischbrühe angießen und aufkochen.

Milch und Thymian zugeben und bei milder Hitze 20 Minuten kochen.

Mit Zucker, Muskat, Salz und Pfeffer abschmecken und mit Schnittlauch bestreuen.

Zwiebelsuppe (französische Küche)

8 mittelgroße Zwiebeln in feine Ringe schneiden (Gurkenhobel)

3 EL Butter

1 $^1/_2$ l Fleischbrühe

1 Glas herber Weißwein

Salz, frischer Pfeffer

8 Scheiben Meterbrot

4 EL geriebenen Gruyère oder Emmentaler

Zwiebeln in zerlassener Butter in einer feuerfesten Form goldgelb rösten (ständig umrühren, damit die Zwiebeln nicht zu braun werden). Mit heißer oder kalter Fleischbrühe auffüllen, Weißwein dazugießen, salzen, pfeffern und 20 Minuten leicht kochen.

Inzwischen die Weißbrotscheiben leicht toasten, auf die Suppe legen, mit Käse dick bestreuen und im heißen Ofen ca. 10 Minuten bei 225 Grad gratinieren, bis der Käse schmilzt und blasig wird. Sofort servieren. Nach Belieben noch mehr geriebenen Käse dazu reichen.

Will man die Suppe dunkler, werden die Zwiebeln mit einer Prise Zucker in Butter goldbraun gebraten.

Kölner Zwiebelsuppe

500 g Zwiebeln schälen und in Scheiben schneiden

40 g Butter

250 g grobe Mettwurst in große Würfel schneiden

1 $^1/_4$ l Fleischbrühe

500 g gekochte Kartoffeln in Würfel schneiden

Salz, weißer Pfeffer

1 Bund Petersilie waschen und hacken

Zwiebelscheiben in heißer Butter 3 Minuten bräunen.

Mettwurstwürfel dazugeben und 5 Minuten mit den Zwiebeln braten.

Fleischbrühe zugießen und alles 10 Minuten kochen.

Kartoffelwürfel zugeben, 5 Minuten erhitzen und mit gehackter Petersilie bestreut servieren.

Badische Zwiebelsuppe

500 g Zwiebeln in 2 mm breite Ringe schneiden

40 g Butter

1 l heiße Fleischbrühe

Salz, weißer Pfeffer aus der Mühle

2 Scheiben Toastbrot in 1 cm große Würfel schneiden

20 g Butter

2 Eigelb

1 Glas Badischer Weißwein ($^1/_{10}$ l)

4 EL Sahne (60 g)

Salz, weißer Pfeffer aus der Mühle

$^1/_2$ Bund Petersilie hacken

$^1/_2$ Bund Schnittlauch fein schneiden

Zwiebelringe in heißer Butter 3 Minuten glasig braten, Mehl darüberstäuben, unter Rühren 1 Minute durchschwitzen, heiße Fleischbrühe zugießen, würzen und 20 Minuten kochen lassen.

Brotwürfel in heißer Butter in der Pfanne goldgelb rösten.

Eigelb mit Weißwein, Sahne, Salz und Pfeffer verquirlen. Zwiebelsuppe vom Herd nehmen, Eimischung einrühren, Suppe zugedeckt 2 Minuten ziehen lassen.

In vorgewärmter Terrine anrichten, mit Brotwürfel und gehackten Kräutern bestreuen und sofort servieren.

Aufgeschmalzne (bayerische Küche)

2 Zwiebeln

100 g Fett

500 g altbackenes Brot

2 l Wasser

Salz

Zwiebeln in dünne Scheiben schneiden und im Fett langsam hellbraun rösten.

Man schneidet in eine Suppenschüssel Schwarzbrot recht fein, gießt kochendes Wasser und die gerösteten Zwiebeln darüber und salzt die Suppe.

Das Zwiebelfett muß so heiß sein, daß es beim Hineingeben in die Suppe zischt.

Zwiebel-Käse-Suppe (Französische Küche)

120 g Zwiebeln feinhacken

40 g Butter

$^1/_2$ Lorbeerblatt

1 l heiße Hühnerbrühe

20 g Mehl

20 g Butter

Salz, weißer Pfeffer

50 g geriebener Parmesankäse

4 Scheiben Weißbrot entrinden und toasten

4 Scheiben Emmentaler Käse

Zwiebeln in heißer Butter glasig werden lassen. Lorbeerblatt zufügen und mit heißer Hühnerbrühe aufgießen.

Mehl und Butter in einer Schüssel verkneten, unter kräftigem Rühren in die Suppe geben und 5 Minuten kochen lassen. Salz, Pfeffer und Parmesan einrühren.

Suppe in 4 feuerfeste Suppentassen füllen, Brotscheibe und Käsescheibe auf die Suppe legen.

Im vorgeheizten Ofen auf mittlerer Schiene 12 Minuten gratinieren.

Pfälzer Zwiebelsuppe

8 – 10 große Zwiebeln in sehr feine Scheiben schneiden und in Butter goldgelb dünsten. Mindestens $^1/_4$ l süßen Rahm dazugießen und 30 Minuten zugedeckt garen. 1 EL Mehl darüber sieben, durchrühren bis es leicht bindet. 1 $^1/_2$ l Fleischbrühe dazugießen, mit Kümmel, Petersilie, frisch gemahlenem Pfeffer und Salz würzen.

Gefüllte Zwiebeln und Zwiebelfüllungen

Gefüllte Gemüsezwiebeln (Klassische Zubereitung)

4 Gemüsezwiebeln

Für die Füllung:

150 g Hackfleisch

150 g Schinkenspeck in feine Würfel schneiden

1 Ei

Salz, schwarzer Pfeffer

$^1/_4$ TL Paprika

frisches Paniermehl

Butter zum Betropfen

Zwiebel schälen und rund um den Laubansatz tiefen Einschnitt machen. In kochendes Salzwasser (12 g Salz pro Liter) geben, 5 Minuten heftig kochen, herausnehmen und abtropfen lassen. Die Zwiebeln vom Einschnitt her aushöhlen, in eine gebutterte Bratform setzen und mit etwas Salz bestreuen.

Das herausgelöste Zwiebelfleisch (Pulp) feinschneiden, in Butter unter häufigem Umrühren 15 Minuten langsam weichdünsten; dabei kaum Farbe nehmen lassen.

Hackfleisch, Schinkenspeckwürfel mit Zwiebelfleisch, Ei und Gewürzen mischen, abschmecken und in die Zwiebeln füllen.

Mit Paniermehl bestreuen, mit Butter betropfen und im Ofen bei 200 Grad backen, bis eine goldgelbe Kruste entsteht, dabei mehrmals mit Bratbutter begießen. Backzeit ca. 30 Minuten.

Stuffed Baked Potatoes (amerikanische Küche)

4 große Kartoffeln

1 große Zwiebel

50 g Butter

Salz

Kartoffeln mit einem Apfelausstecher aushöhlen. Zwiebel ganz fein hacken und mit Butter cremig rühren. Zwiebelmasse in die Kartoffeln füllen, etwas salzen und die Löcher mit einem Stück des Ausgestochenen verschließen.

In Folie wickeln, jede Kartoffel für sich, über mäßigem Feuer etwa 1 Stunde garen.

Zwiebeln à la juive (jüdische Küche)

Für die Füllung:

20 g Gänseschmalz

400 g blanchierten Grünkohl

Salz, weißer Pfeffer aus der Mühle

geriebene Muskatnuß

4 große Gemüsezwiebeln schälen

1 l Salzwasser

Butter zum Einfetten

20 g Semmelbrösel

Gänseschmalz

Gänseschmalz im Topf erhitzen, abgetropften feingehackten Grünkohl darin bei milder Hitze 60 Minuten kochen, mit Salz, Pfeffer und Muskat würzen.

Zwiebeln im Salzwasser 20 Minuten garkochen, mit einem Schaumlöffel herausheben, abtropfen und etwas abkühlen lassen. Von jeder Zwiebel einen Deckel abschneiden, aushöhlen und Deckel und Pulp feinhacken.

Mit Grünkohl mischen und in die Zwiebeln füllen.

Feuerfeste Form buttern, Zwiebeln einlegen, mit Semmelbrösel bestreuen, Gänseschmalz in Flocken darauf verteilen und im vorgeheizten Ofen auf der oberen Schiene bei 200 Grad 15 Minuten überbacken.

Als Beilage gebratene junge Kartoffeln.

Zwiebelfüllung

5 große Zwiebeln in feine Scheiben schneiden

150 g durchwachsener Räucherspeck in kleine Würfel schneiden

reichlich Petersilie feinhacken

evtl. Lauch von frischen Frühlingszwiebeln feinschneiden

6 EL dicker saurer Rahm

Salz, Pfeffer aus der Mühle

Zwiebelscheiben mit Speck glasig dünsten, Petersilie und Lauch dazugeben, mit Rahm vermischen, würzen und abschmecken.

Für Kartoffelmaultaschen, gemischt mit Champignons; für gefüllte Gurken, Tomaten, Zucchini, Auberginen, Tomaten oder Zwiebeln.

Gebackene gefüllte Zwiebeln

4 mittelgroße Zwiebeln schälen

2 EL frische Semmelbrösel

Salz und Pfeffer

60 g geriebenen Käse

Butterflöckchen

Zwiebeln in kochendem Salzwasser 15 Minuten garen, herausnehmen, bevor sie ganz weich geworden sind; abtropfen und abkühlen lassen.

Mit einem spitzen Messer in die Oberseite der Zwiebel schneiden und den Pulp mit einem Löffel herausheben, kleinhacken und mit Semmelbrösel vermischen. Mit Salz, Pfeffer und 30 g Käse abschmecken.

Die Zwiebeln damit füllen und in eine gefettete feuerfeste Form setzen, mit Butterflöckchen besetzen, mit restlichem Käse bestreuen und bei 200 Grad in der Mitte des Ofens 20–30 Minuten backen, bis die Zwiebeln weich und gebräunt sind. Mit Tomatensauce servieren.

Die berühmten Zwiebelkuchen

In den Weingegenden ist der Zwiebelkuchen zuhause und wird gern zum jungen Wein gereicht. In jedem Land hat er einen anderen Namen.

»Zwiwwelkuche« heißt er in der Pfalz und in Hessen, »Zwiebelplatz« in Franken, in der Rhön »Zwiebelbloatz«, »Zwiwlwähe« in Schwaben und in Baden »Zwiewelkuche« oder »Zwiwelblotsch«.

Im Herbst liest man oft an den Wirtschaften »Neuer und Zwiebelkuchen«.

In Thüringen und im Ostharz backt man den Zwiebelkuchen in einer Springform und serviert ihn heiß oder kalt als Zwiebeltorte.

Badischer Zwiewelkuche wird gern auf Brotteig gebacken. Früher kannte man kaum einen anderen Teig; bei jedem Brotbacken wurde anschließend Zwiebelkuchen in den Ofen geschoben. Im Schwäbischen wird die »Zwiwlwähe« wie ein Fladen gebacken, und als Belag nimmt man auch kleingeschnittene Frühlingszwiebeln.

Wichtig: Mit der großen, milden Gemüsezwiebel gelingt Zwiebelkuchen am besten!

Elsässer Zwiebelkuchen

Für den Teig:

250 g Mehl

250 g Speisequark

$^1/_8$ l Wasser

Salz

Für den Belag:

8 große Zwiebeln in Würfel schneiden

125 g Butter

Öl zum Einfetten

$^1/_4$ l Sahne

1 Becher Joghurt

3 Eier

Salz, Pfeffer, Paprika

1 Prise gemahlener Kümmel

3 gehäufte TL Speisestärke

Mehl in eine Schüssel sieben, Quark darüberkrümeln, mit Mehl mischen, Wasser dazugießen, Salzen und alles zu einem glatten Teig kneten. Im Kühlschrank 1 Stunde ruhen lassen.

Zwiebelwürfel in Butter glasig dünsten, aber nicht ganz weich werden lassen. Abkühlen lassen.

Teig auf bemehltem Backbrett ausrollen.

Springform mit eingefettetem Pergamentpapier auslegen, Teig in die Form geben, einen Teigstreifen an den Rand drücken. Zwiebeln gleichmäßig auf den Teig verteilen.

Sahne, Joghurt, Eier, Gewürze und Stärke miteinander verquirlen und über die Zwiebelmasse gießen.

Im vorgeheizten Ofen auf der untersten Schiene bei 250 Grad ca. 25 Minuten backen.

Aus dem Ofen nehmen und sofort zum frisch gemosteten Wein, im Elsaß »Nüe Wi« servieren.

Zwiebeltorte

Für den Tortenboden:

10 große Weißkohlblätter

Für den Belag:

4 große Zwiebeln in feine Scheiben schneiden

2 Karotten in feine Scheiben schneiden

1 EL Öl

Salz und Pfeffer

1 Ei verquirlen

$^1/_{10}$ l Milch

1 EL feingehackter frischer Kerbel

1 Prise Muskat

Butter zum Fetten der Backform

Kohlblätter in kochendem Wasser 3 Minuten blanchieren, abgießen, mit kaltem Wasser abschrecken und gut abtropfen lassen.

Inzwischen Zwiebel- und Karottenscheiben in Öl bei milder Hitze zugedeckt 20 Minuten dünsten und mit Salz und Pfeffer würzen.

Verquirltes Ei mit Milch verrühren, Kerbel unterrühren und mit Salz, Pfeffer und Muskat abschmecken. Eine gebutterte Pieform mit 5 Kohlblättern auslegen, Zwiebelmasse darauf verteilen und glattstreichen, Eimilch darübergießen und mit den restlichen Kohlblättern abdecken. Im vorgeheizten Ofen bei 200 Grad 35 Minuten backen, die letzten 10 Minuten mit Alufolie abdecken, damit die Kohlblätter nicht zu braun werden.

Zwiebeltorte in der Form servieren.

Zwiebelplätzchen

4 mittelgroße Zwiebeln feinhacken

Salz, schwarzer Pfeffer aus der Mühle

4 EL Mehl, 3 Eier

100 g Gouda raffeln

3 EL saure Sahne

Butter zum Backen

Zwiebelhack wenig salzen und gut pfeffern, mit Mehl bestäuben, Eier, Käseraffel und Sahne zugeben, alles miteinander vermengen.

In der Pfanne Butter erhitzen, mit einem Teelöffel Plätzchen in die Butter setzen und goldgelb backen. Als herzhafte Knabberei zu Bier reichen.

Fränkischer Zwiebelkuchen

Für den Teig:

20 g Hefe

$^1/_8$ l lauwarme Milch

300 g Mehl

1 TL Salz

100 g flüssiges Schweineschmalz

Für den Belag:

200 g durchwachsenen Räucherspeck in Würfel schneiden

1500 g Zwiebeln in dünne Ringe schneiden

2 EL Schmalz

4 Eier

1 Becher saure Sahne

1 TL Kümmel

1 Prise Salz

Hefe mit Milch glattrühren, Mehl mit Salz mischen und der Hefemischung verkneten, nach und nach abgekühltes Schmalz zugeben, Teig kräftig durcharbeiten, bis er sich von der Arbeitsfläche löst. Zu einer Kugel formen, mit einem Tuch abgedeckt an einem warmen Platz gehen lassen, bis die Teigmasse sich auf das Doppelte vergrößert hat.

Speckwürfel bei geringer Hitze auslassen, Speckwürfel herausnehmen, Zwiebelringe mit Schmalz zugeben, glasig dünsten und abkühlen lassen. Hefeteig wieder durchkneten, gefettetes rundes Backblech (28 cm Durchmesser) damit auslegen, Ränder hochziehen, Zwiebel und Speck darauf verteilen. Eier mit Sahne, Salz und Kümmel verrühren und darüber gießen.

Im vorgeheizten Backofen bei 200 Grad etwa 1 Stunde backen und noch warm zu jungem Wein, Federweißem oder Apfelwein servieren.

Eigentlich nimmt man für den Fränkischen Zwiebelkuchen Sauerteig, den man sich am besten beim Bäcker besorgt. Früher wurde der Kuchen nach dem Brotbacken in den Ofen geschoben.

Pfälzer Zwiebelkuchen

Für den Teig:

200 g Quark

8 EL Öl

6 EL Milch

1 Ei

1 gestr. TL Salz

400 g Mehl

1 Päckchen und 2 gestr. TL Backpulver

Für den Belag:

500 g Zwiebeln in Scheiben schneiden

300 g Schinkenspeck in Würfel schneiden

3 Eier

$^1/_4$ l saure Sahne

1 gestr. TL gehackter Kümmel

1 Prise Salz

Quark durch ein Sieb streichen, mit Öl, Milch, Ei und Salz verrühren. Hälfte des Mehls mit Backpulver mischen, in den Quark rühren, dann das restliche Mehl dazugeben und einen glatten Teig zubereiten.

Teig ausrollen, ein gefettetes Backblech damit belegen, ringsum einen Rand formen.

Speck anbraten, Zwiebelscheiben kurz mit anschmoren, abkühlen lassen und auf den Teig geben.
Eier mit Sahne, Kümmel und Salz verquirlen und darüber gießen.

Bei 220 Grad 20 – 25 Minuten backen. Noch heiß in Stücke schneiden und mit jungem Wein servieren. Oft wird dieser Zwiebelkuchen mit Hefeteig gebacken.

Rheinischer Reibekuchen

1500 g Kartoffel schälen, in eine Schüssel reiben. Ebenso 3 Zwiebeln. Dann mit 3 Eiern und Salz gut vermischen. Öl in der Pfanne erhitzen, löffelweise Kartoffelteig hineingeben, flachdrücken und knusprig braten. Rheinische Reibekuchen sollen dünn und knusprig sein und werden mit Apfelmus, Schwarzbrot und Butter serviert.

Abbildung gegenüberliegende Seite:
Zwiebelkuchen zu den Rezepten Seite 42 bis 50.

Kümmel

Pissaladière Nicoise (französische Küche)

Für den Teig:

200 g Mehl

90 g Butter

Prise Salz

7 EL kaltes Wasser

Für den Belag:

750 g Zwiebeln in feine Würfel schneiden

4 EL Öl

1 bouquet garni (Petersilie, Thymianzweig, Lorbeerblatt)

Salz, schwarzer Pfeffer aus der Mühle

2 Zehen Knoblauch zerdrücken

Anchovisfilets (ca. 20 Stück)

7 schwarze Oliven

Die Pissaladière wird wie eine Pizza zubereitet.
Aus Mehl, Butter, Salz und kaltem Wasser rasch einen geschmeidigen Teig kneten, im Kühlschrank 15 Minuten kühl stellen. Teig ausrollen, Form damit auslegen. Zwiebelwürfel in Öl mit Bouquet garni, Salz und Pfeffer 45 Minuten dünsten, bis Zwiebelwürfel verkocht sind und goldgelb sind. Nach 20 Minuten Knoblauch hinzufügen, Bouquet garni entfernen. Zwiebelmasse auf dem Teig verteilen, glatt streichen, Anchovisfilets gitterartig auflegen, Oliven verteilen, mit Öl beträufeln und bei 200 Grad im vorgeheizten Ofen 15 Minuten backen.

Zwiebelkuchen auf Blätterteig

250 g durchwachsener Speck in feine Würfel schneiden, 50 g Butter

750 g Zwiebeln in dünne Ringe schneiden

1 Paket tiefgekühlter Blätterteig (300 g) auftauen lassen

Mehl zum Ausrollen

3 Eier, 1/4 l saure Sahne

1 TL Kümmel, Salz

In einer Pfanne Speckwürfel 3 Minuten anbraten, Butter zugeben und die Zwiebelringe darin glasig braten.
Teig auf der bemehlten Arbeitsfläche 1/2 cm dick ausrollen.
Springform (26 cm ∅) mit kaltem Wasser ausspülen und Boden und Rand mit Teig auslegen. Teigboden mit einer Gabel mehrmals einstechen.
Zwiebeln auf dem Teig verteilen. Eier mit Sahne, Kümmel und Salz verschlagen und über die Zwiebeln gießen. Im vorgeheizten Ofen auf der mittleren Schiene 40 Minuten bei 220 Grad backen.

Abbildung gegenüberliegende Seite:
Zwiebelkuchen zum Rezept Seite 50.

Zwiebel-Speck-Soufflé

30 g Butter

180 g magerer Speck ohne Schwarte in kleine Würfel schneiden

250 g Speisezwiebeln feinhacken

1 EL gehackte Petersilie

Salz und Pfeffer

Für die Sauce:

60 g Butter

45 g Mehl

¼ l Milch

3 Eigelb

4 Eiweiß steif schlagen

Im mittelgroßen Topf Butter zerlassen, Speck darin 3 Minuten schmoren. Zwiebel hinzufügen und mitdünsten, bis sie weich sind. Vom Feuer nehmen, Petersilie unterrühren und würzen.

Im zweiten Topf für die Sauce Butter zerlassen, Mehl einstreuen und 3 Minuten schwitzen. Milch nach und nach zugeben und unter Rühren zum Kochen bringen.

Eine Souffléform von 1¼ l mit Butter bestreichen. Die Hälfte der Sauce mit der Hälfte der Zwiebelmischung verrühren und in die Form füllen. Eigelb in die verbliebene Sauce rühren. Eiweiß unterheben und restliche Zwiebelmischung hinzufügen.

In die Souffléform füllen und bei 180 Grad ca. 45 Minuten im Ofen auf der oberen Schiene backen, bis das Soufflé gut aufgegangen und goldbraun ist. Sofort servieren.

Zwiebelkuchen

300 g Mehl

150 g kalte Butter

3 Eier

1000 g Schalotten

3 EL Öl

8 EL Kikkoman Sojasauce

80 g Speck

200 g Créme fraiche

100 ml Milch

Salz, Kümmel, Thymianblättchen

Aus Mehl, Butter, 1 Ei und einer Prise Salz einen Mürbteig herstellen.

Geschälte Schalotten in Sicheln schneiden, im Öl goldgelb braten und mit Sojasauce ablöschen, Pfanne vom Herd nehmen. Speck in feine Streifen schneiden und anbraten. Die restlichen 2 Eier mit Créme fraiche und Milch verrühren.
Eine Quicheform mit Teig auskleiden, Schalotten darauf verteilen, Speckstreifen darüberstreuen. Créme-fraiche-Masse daraufgeben und mit Kümmel würzen.

Im vorgeheizten Ofen bei mittlerer Hitze ca. 30 Minuten backen. Mit Thymianblättchen garniert lauwarm servieren.

Lesco (jugoslawische Küche)

50 g Schmalz

500 g Zwiebeln in Würfel schneiden

250 g Tomaten in Würfel schneiden

250 g grüne Paprika in Würfel schneiden

2 Knoblauchzehen zerdrücken

50 g fetten Speck in kleine Würfel schneiden

Salz, Pfeffer aus der Mühle

Paprika (edelsüß)

4 EL saure Sahne

Zwiebeln in Schmalz goldgelb dünsten, Tomaten, Paprika, Knoblauch und Speck dazugeben und alles dick einkochen, würzen und mit Sahne verfeinern.

Als Beilage zu gegrilltem oder gebratenem Fleisch oder zu Reis.

Tessiner Fleischtopf

3 EL Öl

200 g durchwachsener Räucherspeck in Würfel schneiden

400 g Zwiebeln in Würfel schneiden

400 g Rindfleisch in große Würfel schneiden

1 TL Paprika edelsüß

$^1/_4$ l Wasser

1 TL Majoran

1 Glas Weißwein

Salz, Pfeffer

1000 g Kartoffel schälen und in Scheiben schneiden

500 g Tomaten häuten und in Viertel schneiden

3 EL gehackte Petersilie

In heißem Öl Speck, Zwiebeln und Fleisch anbraten, mit Paprika bestäuben, etwas mitschmoren.

Mit Wasser ablöschen, würzen, Wein zugießen und im Topf mit Deckel 1 $^1/_2$ Stunden mit geringer Hitze garen. Kartoffelscheiben und Tomatenviertel zum Fleisch geben und noch etwa 20 Minuten kochen, bis Kartoffeln gar sind. Mit Petersilie bestreut servieren.

Zwiebelfleisch

500 g Rinderfilet

5 EL Öl

375 g Zwiebeln halbieren, in Ringe schneiden

1 Knoblauchzehe zerdrücken

Salz, weißer Pfeffer

1 MS Majoran $^1/_2$ TL Kümmel

2 EL Weinessig

1 EL Mehl

$^3/_8$ l heiße Fleischbrühe

Fleisch kurz unter kaltem Wasser abspülen, trockentupfen und in $^1/_2$ cm breite, 2 cm lange Streifen schneiden.

Öl im breiten Topf erhitzen, Fleisch darin 10 Minuten unter Wenden bräunen.

Zwiebelringe zum Fleisch geben und 10 Minuten mitrösten, würzen, mit Mehl bestäuben, 3 Minuten leicht bräunen und mit Brühe aufgießen. Zugedeckt 12 Minuten ziehen lassen.

Abschmecken, in vorgewärmte Schüssel geben und sofort servieren zu Nudeln und gemischtem Salat.

Anstelle von Filet kann Fleisch aus der Keule oder Schulter verwendet werden.

Krautfleisch (ungarisch)

4 Zwiebeln in Ringe schneiden

2 EL Öl

1 EL Paprikapulver

$^1/_4$ l Fleischbrühe

500 g Schweineschulter

300 g Sauerkraut

1 EL Tomatenmark

3 Knoblauchzehen auspressen

2 rohe Kartoffeln reiben

2 EL saure Sahne

Zwiebelringe in Öl hellbraun braten, mit Paprika überstäuben und mit etwas Brühe aufgießen.
Fleisch und Sauerkraut zufügen, restliche Brühe, Tomatenmark und Knoblauch zugeben, 1 Stunde kochen. Fleisch herausnehmen und in Würfel schneiden.
Kartoffelgeriebenes ins Sauerkraut geben und alles 10 Minuten kochen.
Fleisch zum Servieren mit Sauerkraut bedecken und mit saurer Sahne garnieren.

Pisto Manchego (spanisch)

$^1/_3$ Tasse Olivenöl

450 g Zwiebeln in kleine Würfel schneiden

2 mittelgroße Zucchini in Würfel schneiden

2 grüne Paprikaschoten entkernen und in Würfel schneiden

500 g Tomaten häuten, halbieren, entkernen und feinhacken

1 Ei leicht schlagen

1 hartgekochtes Ei, Eiweiß in Streifen schneiden und Eigelb zerkrümeln

In einer schweren Pfanne von 30 cm Durchmesser Olivenöl bei starker Temperatur erhitzen, bis es leicht zu rauchen anfängt.

Zwiebeln, Zucchini, Paprikaschoten und Salz hineingeben, verrühren, auf niedrigste Temperatur schalten und 40 Minuten schmoren. Gelegentlich umrühren. Tomaten in einem 1 $^1/_2$ l fassenden Topf bei mäßiger Hitze zum Kochen bringen und unter Rühren unbedeckt brodelnd kochen, bis ein dickes, glattes Püree entsteht. Tomatenpüree mit dem Gemüse vermischen.

Geschlagenes Ei unter ständigem Rühren zugießen, 10 Sekunden ziehen lassen, aber nicht kochen. Sofort anrichten, mit Eistreifen und -krümel garnieren, zu gebratenem Fleisch als Beigabe servieren.

Schisch Kebab Amman (jordanisch)

500 g Hammelfleisch

1 große Zwiebel

1 Knoblauchzehe

1 Prise Majoran

1 EL feingehackte Petersilie

Salz, Pfeffer

2 EL kaltes Wasser

Fleisch mit Zwiebel und Knoblauch zweimal durch den Wolf drehen und mit Gewürzen und Wasser verkneten.

Um kleine Holzspießchen wird dann die Masse zu ganz dünnen, etwa 15 cm langen Würsten gedrückt. Über nicht zu heißem Holzkohlenfeuer rösten.

Eine feine Sache für Garten-Parties.

Zwiebelrostbraten

4 Zwiebeln in Ringe schneiden

40 g Butter, Salz

4 Scheiben aus dem hohen Roastbeef (je 200 g)

schwarzer Pfeffer aus der Mühle

1 EL Mehl, 4 El Öl

4 EL heiße Fleischbrühe

In der Pfanne Zwiebelringe in heißer Butter 5 Minuten goldbraun braten. Mit etwas Salz würzen. Inzwischen Fleischscheiben trockentupfen, Fettrand mehrmals einschneiden, Fleisch mit dem Handballen etwas flachdrücken, mit Pfeffer einreiben und mit Mehl bestäuben.

In einer zweiten Pfanne bei starker Hitze Öl heiß werden lassen, bis es beinahe raucht, darin die Fleischscheiben auf jeder Seite 2 Minuten anbraten, Hitze reduzieren und nochmals jede Seite 2 Minuten braten.

Rostbraten aus der Pfanne nehmen, auf einer vorgewärmten Platte anrichten.

Über die Zwiebel heiße Brühe gießen, aufkochen und über das Fleisch verteilen.

Kebab (iranische Küche)

500 g Zwiebeln schälen und pürieren

750 Hammelfleisch in Würfel schneiden (ca. 3 cm)

2 TL Salz

1 TL Pimentpfeffer

$^1/_2$ Tasse Öl

Saft von 2 Zitronen

Zwiebelpüree mit Gewürzen mischen. In einem Steinguttopf Fleischwürfel und Zwiebelpüree vermengen und 3–4 Stunden stehen lassen.

Fleischwürfel auf Portionsspieße stecken und (am besten auf Holzkohlenfeuer) braten.

Die Spieße können auch in der Pfanne mit sehr wenig Fett oder auf dem Elektrogrill gebraten werden.

Während des Bratens mit Öl bepinseln und wenden, bis der Kebab schön knusprig ist. Pro Spieß eine halbe Zitrone servieren, mit deren Saft das Fleisch beträufelt wird.

Tamija-Bohnenküchlein (jordanische Küche)

500 g weiße Bohnen über Nacht einweichen	**3 Eier**
4 Zwiebeln feinhacken	**Salz, Pfeffer**
1 Knoblauchzehe feinhacken	**1 TL Pfefferminzblätter**
Öl, 3 EL gehackte Petersilie	**Öl zum Ausbacken**

Bohnenwasser abgießen und die Bohnen pürieren. Zwiebeln und Knoblauch in Öl dünsten.

Aus Bohnenpüree, Zwiebeln, Knoblauch, Petersilie und Eiern einen Teig kneten und würzen mit Salz, Pfeffer und zerriebenen Minzblättern.

Aus der Masse kirschgroße Kügelchen formen und im siedenden Öl schwimmend ausbacken.

Dazu Salat und Dickmilch mit etwas Knoblauch gewürzt servieren.

Flambierte Zwiebelleber

50 g durchwachsenen Speck in Würfel schneiden	**1 Knoblauchzehe durchpressen**
400 g Geflügelleber in große Stücke schneiden	**1 Thymianzweig**
3 Zwiebeln schälen und in Streifen schneiden	**Salz, Pfeffer**
2 Tomaten häuten und in Würfel schneiden	**4 cl Weinbrand**

Speck auslassen, Leber darin 2 Minuten braten; herausnehmen.

Zwiebelstreifen im gleichen Fett gelb dünsten. Tomaten, Knoblauch und Leber zugeben, mit zerriebenem Thymian, Salz und Pfeffer würzen und 3 Minuten dünsten.

Mit Weinbrand übergießen, anzünden und flambieren. Dazu Salat und Weißbrot servieren.

Ente mit Frühlingszwiebeln (chinesische Küche)

2–3 Bund Frühlingszwiebeln

40 g Butter

30 g brauner Zucker

2 EL Sojasauce

1 junge Fleischente ca. 2,5 kg, bratfertig

3 EL trockener Sherry

$^1/_2$ TL frisch geriebener Ingwer

100 g Sahne

Backofen auf 200 Grad vorheizen.

Frühlingszwiebeln putzen, Stiele bis auf $^1/_3$ abschneiden.

In einer großen Pfanne Butter erhitzen, Zwiebeln darin anbraten, Zucker darüberstreuen und unter Rühren schmelzen lassen, Sojasauce zugießen, leicht salzen und abkühlen lassen.

Ente innen und außen leicht salzen. Zwiebeln so in die Ente füllen, daß die Stiele zum Schwanzende zeigen. Ente mit Sauce aus der Pfanne einpinseln. Entenkeulen mit einem Bindfaden zusammenbinden, Faden auch um den Bürzel schnüren, damit die Ente fest verschlossen ist.

Ente in einer Bratpfanne auf der mittleren Schiene im Ofen 15 Minuten braten, angießen und weiter braten. Restliche Sojasauce mit Sherry und Ingwer verrühren und nach 45 Minuten Bratzeit die Ente damit angießen. Je nach Größe der Ente noch weitere 20–30 Minuten braten. Bratensatz mit heißem Wasser loskochen, mit Sahne binden und abschmecken.

Mit Reis und Champignons servieren.

Zwiebelgemüse

1000 g große Zwiebeln in Achtel schneiden	**Salz**
25 g Butter	**$^1/_8$ l Sahne**
$^1/_4$ l Wasser	**1 Eigelb**
1 Stück Würfelzucker	**2 gestrichene EL Speisestärke**
1 Knoblauchzehe schälen	**1 Bund Kerbel feinhacken**
1 MS gemahlener Kümmel	

Zwiebel in Butter 2 Minuten dünsten, mit Zucker, Knoblauch, Kümmel und Salz zugedeckt 20 Minuten garen.

Sahne und Eigelb mit Speisestärke verquirlen, in das Gemüse einrühren, aufkochen und Kräuter untermischen.

Zu gekochtem Rindfleisch, Braten oder Pfannkuchen als Beilage.

Hessisches Zwiebelgemüse

750 g junge Zwiebeln schälen und halbieren	**Salz, Pfeffer**
50 g Butter	**3 EL Rosinen**
$^1/_8$ l Apfelwein	**2 EL Semmelmehl**
$^1/_8$ l Fleischbrühe	

Zwiebeln in zerlassener Butter andünsten, Wein und Brühe angießen, würzen und die Zwiebeln garen, aber nicht zu weich kochen. Gewaschene Rosinen 10 Minuten mitkochen.

Das Zwiebelgemüse mit Semmelmehl andicken.

Zu Kartoffeln mit Bratwurst servieren.

Sahnezwiebeln

500 g Zwiebeln in dünne Ringe schneiden
50 g Butter
Salz
weißer Pfeffer aus der Mühle
Thymian
$^1/_4$ l Sahne
150 g mittelalter Gouda grob raspeln
4 Scheiben Toastbrot in kleine Würfel schneiden

In einer Pfanne Zwiebel in 20 g geschmolzener Butter unter Rühren glasig werden lassen, aber nicht bräunen. Salzen, pfeffern und mit Thymian würzen. Backofen auf 200 Grad vorheizen.

Zwiebeln auf 4 kleine feuerfeste Formen verteilen. Sahne leicht salzen, über die Zwiebeln gießen, bis sie knapp bedeckt sind, mit Käseraspel gleichmäßig bestreuen, Brotwürfel darüber verteilen und restliche Butter in Flöckchen daraufsetzen.

Im Ofen 30 Minuten überbacken.

Zwiebeln mit Champignons (griechische Küche)

250 g Zwiebeln in Scheiben schneiden
250 g Champignons in Scheiben schneiden
Salz und Pfeffer
2–4 Lorbeerblätter
$^1/_2$ Tasse Olivenöl
1 Tasse Weißwein
1 kleine Dose Tomatenmark

Zwiebel- und Pilzscheiben salzen und pfeffern, mit Lorbeerblättern in einen kleinen Topf geben, mit Öl, Wein und Tomatenmark auffüllen, 30 Minuten leise kochen lassen.

Schmeckt warm oder kalt als Vorspeise.

Zwiebelgemüse in Apfelwein

750 g frische Lauchzwiebeln, das Grün zur Hälfte abschneiden

200 g mageren Räucherspeck in Würfel schneiden

Salz, weißer Pfeffer

Apfelwein

$^1/_2$ Bund Petersilie feinhacken

Zwiebeln halbieren.

Speck bei milder Hitze auslassen, Grieben herausnehmen, Zwiebeln im Speckfett unter Wenden zart anbräunen, würzen und soviel Apfelwein zugießen, bis Zwiebeln zur Hälfte in der Flüssigkeit liegen. Kurz aufkochen, Hitze reduzieren und dünsten, bis Zwiebeln gerade weich sind. Herausheben.

Flüssigkeit kräftig einkochen, Gemüse wieder zugeben und mit Grieben und Petersilie bestreut zu Schweinebraten servieren.

Zwiebeln in Wein

750 g Zwiebeln in 3 mm dicke Ringe schneiden

40 g Butter

Salz, weißer Pfeffer

1 Prise Thymian

Saft von $^1/_2$ Zitrone

1 Prise Zucker

1 gehäufter EL Mehl (20 g)

$^1/_4$l Weißwein

$^1/_2$ Bund Petersilie feinhacken

Zwiebeln in heißer Butter 10 Minuten goldgelb braten. Mit Salz, Pfeffer, Thymian, Zitronensaft und Zucker würzen, mit Mehl bestäuben und unter Rühren 2 Minuten durchschwitzen.

Weißwein zugießen, zugedeckt 25 Minuten leise kochen lassen.

Zwiebeln in vorgewärmter Schüssel anrichten, mit Petersilie bestreuen.

Pikante Beilage zu Koteletts, Frikadellen und Schweinebraten.

Gegrillte Zwiebelscheiben

Große schöne Zwiebeln in 1 cm dicke Scheiben schneiden, mit Paprikapulver bestäuben, auf beiden Seiten mit Öl bestreichen (oder in Öl tauchen), auf geöltem Rost im vorgeheiztem Grill bei guter Hitze grillen, bis sie gar sind und schön goldgelb sind. Etwas salzen.

Grilldauer etwa 4–6 Minuten.

Zu gegrilltem Fleisch und Leber.

Gebackene Zwiebeln

Zwiebeln dicht nebeneinander in eine Auflaufform stellen, Wasser zugießen, bis Boden bedeckt ist.

Bei 200 Grad etwa 1–1 $^1/_2$ Stunden backen. Wenn die Zwiebeln sich leicht zusammendrücken lassen, sind sie gar.

Äußere Schale mit einem Messer abziehen, mit Salz, Pfeffer und Butter servieren.

Zwiebelpilze

2 große Zwiebeln in Ringe schneiden

50 g Butter

600 g Champignons in Stücke schneiden

$^1/_8$ l Weißwein

Pfeffer und Salz

Zwiebelringe in Butter goldgelb braten, Pilzstücke hinzufügen und anschmoren, mit Wein aufgießen, würzen und 20 Minuten dünsten.

Reis dazu servieren.

Gurkengemüse mit Speck und Zwiebeln

2 Salatgurken schälen, halbieren, entkernen und vierteln

250 g durchwachsener Speck in Würfel schneiden

250 g Zwiebeln schälen, in Ringe schneiden

Salz, frisch gemahlener Pfeffer

1/8 l Fleischbrühe

125 g Sahne

Gurkenviertel in längliche Stücke schneiden. In einem Topf Speckwürfel ausbraten, Gurkenstücke, Zwiebelringe, Salz und Pfeffer zugeben und 5 Minuten dünsten. Brühe und Sahne zugießen und im geschlossenen Topf Gurken-Zwiebel-Gemüse 10 Minuten schmoren. Zu Bratwurst und Salzkartoffeln servieren.

Zwiebelnudeln

250 g Bandnudeln in reichlich Wasser sprudelnd kochen, mit kaltem Wasser abspülen und gut abtropfen lassen.

3 große Zwiebeln in Ringe schneiden und mit Salz gardünsten. Sie dürfen leicht gebräunt sein. 125 g durchwachsenen Speck in schmale Streifen schneiden und in der Pfanne leicht anrösten. Zusammen mit den Zwiebeln unter die Nudeln mischen.

In eine gut geschmälzte Pfanne geben, 4 verquirlte Eier darübergießen und bei zugedeckter Pfanne stocken lassen. Pfeffer aus der Mühle und – falls vorhanden – gehackten Schnittlauch darübergeben.

Geschmorte Zwiebeln überbacken

Zwiebeln in Salzwasser garen, in eine gefettete feuerfeste Form geben, mit Butterflöckchen belegen, mit Käse bestreuen und im vorgeheizten Ofen goldbraun überbacken.

Zwiebelkartoffeln

500 g Zwiebeln in dicke Scheiben schneiden

50 g Butter

750 g Kartoffeln in 2 cm große Würfel schneiden

Salz, weißer Pfeffer

$^{1}/_{8}$ l heiße Fleischbrühe

1 Bund Schnittlauch feinschneiden

Zwiebelscheiben in heißer Butter 10 Minuten anbraten, Kartoffeln dazugeben und mit den Zwiebeln vermischen, salzen und pfeffern, Brühe angießen und zugedeckt zum Kochen bringen, Hitze reduzieren und 30 Minuten garen, abschmecken. Zwiebelkartoffeln in eine vorgewärmte Schüssel füllen und mit Schnittlauch bestreut sofort servieren.

Zwiebeln überkrustet

750 g mittelgroße Zwiebeln schälen

Salzwasser zum Kochen

zum Überkrusten:

Zitronensaft

80 g geriebener Käse

50 g Butter

Zwiebeln in kochendem Salzwasser nicht ganz weich kochen, aus Sud nehmen, gut abtropfen lassen, in flache, feuerfeste, gut gebutterte Form legen, mit reichlich Zitronensaft beträufeln, dick mit Reibkäse bestreuen, mit Butterflocken belegen und im vorgeheizten Ofen überbacken, bis ihre Oberfläche goldbraun ist.

Backzeit etwa 20 Minuten.

Zwiebel-Relish

1000 g Zwiebeln in Würfel schneiden

100 g grüne Paprikaschoten, halbieren, entkernen und in Würfel schneiden

300 g rote Paprikaschoten, halbieren, entkernen und in Würfel schneiden

3 EL Öl

6 EL Weinessig

3 TL Salz

1 Prise Zucker

etwas Rosenpaprika

frisch gemahlener schwarzer Pfeffer

$^1/_2$ TL gemahlener Piment

Zwiebel und Paprika in heißem Öl andünsten, mit Weinessig aufgießen, würzen und mit leicht geöffneten Deckel bei mäßiger Hitze 1 Stunde kochen. In Gläser füllen, abkühlen lassen und verschließen.

Zwiebel-Apfel-Curry

$^3/_4$ l Obstessig

2 EL Salz

500 g Zucker

2 EL Currypulver

1 Prise Cayennepfeffer

2 TL Nelkenpulver

1 TL Pimentpulver

1000 g Zwiebeln in Würfel schneiden

1000 g säuerliche Äpfel schälen, entkernen und in Würfel schneiden

200 g kernlose Rosinen hacken

Obstessig mit allen Gewürzen aufkochen, Zwiebel- und Apfelwürfel einrühren, aufkochen, Rosinen zugeben und bei milder Hitze unter Rühren 30 Minuten kochen. Heiß in Gläser füllen, kühl aufbewahren. Das Curry schmeckt zu Fondue, Hackfleisch und Schweinebraten.

Marinierte Schalotten

1000 g Schalotten überbrühen und Schale abziehen

2 Möhren schälen und in Würfel schneiden

5 EL Öl

2 Zitronen entsaften

$^1/_8$ l trockener Weißwein

50 g Rosinen in lauwarmen Wasser rasch waschen und abtropfen lassen

1 TL Thymian

Salz, Cayennepfeffer

Wurzelansatz und Spitzen der Schalotten so abschneiden, daß die Schalotten nicht auseinanderfallen.

Möhrenwürfel in Öl andünsten, Schalotten, Zitronensaft, Wein, Rosinen, Thymian, Salz und Cayennepfeffer zufügen, $^1/_2$ l Wasser zugießen und im geschlossenen Topf 20 Minuten garen.

Abgekühlt für mindestens 12 Stunden in den Eisschrank stellen.

Glasierte Zwiebeldelikatessen

Glasierte Zwiebeln zum Garnieren

12 kleine Perlzwiebeln schälen

Butter

2 EL brauner Zucker

2 EL Essig

2 EL Portwein

Zwiebel in Butter garen, wobei man den Topf mit geschlossenem Deckel gelegentlich schüttelt. Inzwischen Zucker, Essig und Portwein zu einem dicken Sirup einkochen.

Die gegarten Zwiebeln im Sirup noch einige Minuten kochen, bis sie gut überzogen sind.

Weißglacierte Zwiebeln

500 g kleine Perlzwiebeln

$^1/_2$ l klare Fleischbrühe

80 g Butter

Murmelgroße Zwiebeln gleicher Größe aussuchen, 1 Minute überbrühen, schälen.

Zwiebeln so in einem breiten und flachen Brattopf füllen, daß alle auf dem Topfboden aufliegen; mit Fleischbrühe bedecken und 50 g Butter obenauf in Stücken verteilen.

Zum Kochen bringen und ca. 20 Minuten bei schwacher Hitze Flüssigkeit beinahe verkochen lassen, bis die Zwiebeln gar sind. Restliche Butter schmelzen lassen und durch Schwenken mit Fond vermischen. Dabei werden die Zwiebeln in der fetten Sauce glänzend.

Braunglacierte Zwiebeln

500 g kleine Perlzwiebeln

80 g Butter

1 Prise Salz

1 Prise Zucker

$^1/_4$ l klare Fleischbrühe

Murmelgroße Zwiebeln gleicher Größe aussuchen, 1 Minute überbrühen, schälen.

In einer schweren Pfanne 50 g Butter schmelzen, Zwiebeln darin langsam hell anbraten. Mit Salz und Zucker würzen, beim weiteren Braten Zucker hellbraun werden lassen, nach halber Garzeit Fleischbrühe angießen, bis alle Zwiebeln halb in der Flüssigkeit liegen.

Langsam Flüssigkeit einkochen lassen, restliche Butter dazugeben und durch Schwenken mit Fond vermischen; dabei werden die Zwiebeln glänzend dunkel.

Zwiebel für's Brot

Katerfrühstück

2 lange Brötchen halbieren

Butter zum Bestreichen

Tomaten zum Belegen

1 Zwiebel in Ringe schneiden, salzen

4 Rollmöpse

Brötchen buttern, Tomaten in Scheiben schneiden und dachziegelartig auf die Brötchen legen, Zwiebelringe darüberstreuen und die Rollmöpse obenauf legen.

Zwiebeltoast

2 große Zwiebeln in dünne Scheiben schneiden

20 g Butter

Salz, Pfeffer aus der Mühle

4 Scheiben Toastbrot hellgelb rösten

40 g Mayonnaise

2 hartgekochte Eier längs in Scheiben schneiden

4 Scheiben Emmentaler Käse

Zwiebeln in heißer Butter 5 Minuten bei mittlerer Hitze goldgelb werden lassen und würzen.

Toastscheiben mit Mayonnaise bestreichen, Zwiebeln darauf verteilen, Eier auf die Zwiebeln legen, mit Käsescheiben bedecken und im vorgeheizten Grill 2 Minuten gartinieren.

Auf Salatblättern anrichten und mit feingehacktem Schnittlauch bestreuen.

Apfelgriebenschmalz

500 g Schweinegrieben

2 große Zwiebeln in feine Ringe schneiden

250 g Äpfel schälen und in dünne Scheiben schneiden

Grieben sind der Rückstand beim Auslassen von Schweinenieren- oder -rükkenfett. Gute Grieben haben eine hellgelbe bis goldgelbe Farbe. Sie sind noch sehr fetthaltig.

Im flachen Topf Grieben erhitzen und Zwiebeln darin goldgelb rösten, Apfelscheiben zugeben, weich dünsten, aber nicht verkochen. Als Fülle für Kartoffelmaultaschen, Speckkuchen, als Brotaufstrich oder für Röstkartoffeln.

Im Ostharz ißt man Griebenschmalz zu reifem, möglichst hausgemachtem Harzkäse, reichlich mit Zwiebelringen belegt, zu frischem dunklen Brot oder Pumpernickel.

Almvesper

400 g Fleischwurst

4 Scheiben Bauernbrot

2 EL Senf

2 Stangen Romadur-Käse in Scheiben schneiden

3 Zwiebeln in Ringe schneiden und salzen

1 Bund Petersilie feinhacken

Fleischwurst in heißem Wasser erhitzen, ohne zu kochen, der Länge nach aufschneiden und auf die Brote verteilen, mit Senf bestreichen, mit Romadurscheiben belegen und im vorgeheizten Ofen bei 200 Grad überbacken, bis der Käse schmilzt.

Reichlich mit Zwiebelringen und Petersilie garnieren.

Obatzter (bayerische Spezialität)

Pro Person:

100 g Camembert

2 TL Butter

2 TL feingehackte weiße Zwiebeln

Käse und Butter mit einer Gabel zerdrücken und mit Zwiebel vermischen.

Rezeptänderungen: $^2/_3$ Camembert und $^1/_3$ Romadur (oder Camembert und Frischkäse, Topfen oder Quark mischen).

Weitere Gewürze können zugefügt werden: Paprikapulver (mit der Butter gründlich mischen) Kümmel, Pfeffer, kleingehackte Gewürzgurke. Der angemachte Käse wird auf einem Teller in der Mitte angerichtet, die weiteren Zutaten in kleinen Häufchen rund herum arrangiert, zusätzlich werden kleingeschnittene Zwiebeln beigegeben. Dazu frische Semmeln oder Brezen und Bier.

Handkäs mit Musik (hessisch)

1–2 Handkäse, je nach Größe

1 Zwiebel kleinschneiden

1 EL Essig

3 EL Öl

Salz und Pfeffer aus der Mühle

Der Handkäse muß gut »durch« sein. Vor dem Servieren Käse auf einen Teller legen, mit Zwiebel bestreuen.

Essig mit Salz und Pfeffer verrühren, bis das Salz aufgelöst ist, dann Öl unterrühren und über den Handkäse gießen.

Dazu eine dicke Scheibe Bauernbrot mit reichlich Butter bestrichen und Apfelwein.

Matjesbrot

4 Scheiben Vollkornbrot

Butter zum Bestreichen

2 Äpfel entkernen, ungeschält in feine Scheiben schneiden

2 mittelgroße weiße Zwiebeln in feine Würfel schneiden

8 Matjesfilets

Petersilie zum Garnieren

Brotscheiben nicht zu dick mit Butter bestreichen, Apfelscheiben dachziegelartig darauf anrichten. Einige Zwiebelwürfel darauf verteilen, mit Matjes belegen und die restlichen Zwiebelwürfel darüberstreuen. Mit Petersiliensträußchen garniert servieren.

Zwiebel-Leberwurst

Diese beliebte Wurst kann man einfach dadurch zubereiten, daß unter feine Leberwurst geriebene Zwiebel gemengt wird.

Liptauer

30 g Butter schaumig rühren

250 Topfen (Quark) durch ein Sieb streichen

50 g Weißlacker-Käse zerdrücken

3 EL saure Sahne

1 Zwiebel feinhacken

Salz und Pfeffer aus der Mühle

Paprika edelsüß

Alle Zutaten gut miteinander vermengen. Zu Bauern- oder Weißbrot servieren.

Gerupfter

Pro Person:

100 g Camembert zerdrücken

2 TL weiche Butter

2 TL feingehackte Zwiebel

etwas Weißwein zum Verrühren

Alle Zutaten miteinander vermengen und zum Holzofenbrot servieren.

Zum Federweißen und jungem Wein ist der Gerupfte in Franken eine Spezialität.

Sonnenauge

4 Scheiben Landbrot rund ausstechen

Butter zum Bestreichen

40 Anchovisfilets abtropfen lassen und feinhacken

2 Zwiebeln schälen und in feine Würfel schneiden

4 Eigelb

Runde Brotscheiben leicht buttern, Anchoviswürfel darauf verteilen, dabei in der Mitte eine Mulde lassen. Zwiebelwürfel als Kranz um die Mulde legen und Eigelb hineingleiten lassen.

Besonders pikant ist ein dünner Kranz von gehackten Kapern um die Zwiebeln gelegt.

Dazu schmeckt am besten ein kühles Bier und ein eiskalter Aquavit.

Zwiebelgerichte im Telegrammstil

Gekocht: in halb Milch und halb leicht gesalzenem Wasser kochen; abtropfen und mit leichter Rahmsauce übergießen (französisch).

Lyoner Art: in Scheiben schneiden, in Butter bräunen, mit eingekochter Bouillon sirupartig binden und mit einem Schuß Essig würzen.

Strudel: Zwiebelscheiben dünsten, auskühlen, würzen; Strudelteig ausrollen, mit Zwiebelscheiben belegen, zusammenrollen, in zweifingerbreite Stücke zerteilen, Enden zusammendrücken und in Salzwasser garziehen lassen; abtropfen, mit in reichlich geröstetem Reibbrot übergießen (österreichisch).

Tarteletts Mornay: Scheiben in Butter und wenig hellem Fond dünsten, mit Rahmsauce binden; hellgelb blind angebackene Blätterteig-Tarteletts damit füllen, mit geriebenem Käse bestreuen, mit Butter betropfen und im Ofen überbacken.

Slavonische Torte: Zwiebelscheiben in Butter und hellem Fond weißdünsten, abkühlen, mit geschlagenem Ei und saurem Rahm vermischen, mit Salz und zerdrücktem Kümmel würzen; runde Hefeteigfladen aus Roggenmehl mit der Masse dick bestreichen, mit Speckwürfeln bestreuen und nach dem Garen im Ofen backen.

Ungarische Art: kochen, abtropfen, grobhacken, mit gehackten grünen Paprikaschoten vermischen, in Butter dünsten, mit Salz und Rosenpaprika würzen und mit dickem Rahm aufkochen.